MAURICE LEBLANC

ARSÈNE LUPIN

CABALLERO–LADRÓN

Traducción y prólogo:
Azul Salgado

Ilustración de tapa:
Silvio Daniel Kiko

ARSÈNE LUPIN, CABALLERO - LADRÓN
es editado por
EDICIONES LEA S.A.
Av. Dorrego 330 C1414CJQ
Ciudad de Buenos Aires, Argentina.
E–mail: info@edicioneslea.com
Web: www.edicioneslea.com

ISBN: 978-987-718-703-8

Primera edición. Impreso en Argentina.
Esta edición se terminó de imprimir en
Junio de 2021 en Talleres Gráficos Elias Porter

Leblanc, Maurice
  Arsène Lupin : Caballero-Ladrón / Maurice Leblanc. - 1a ed. - Ciudad Autónoma de Buenos Aires
: Ediciones Lea, 2021.
  224 p. ; 23 x 15 cm.

  Traducción de: Azul Salgado.
  ISBN 978-987-718-703-8

  1. Narrativa Francesa. 2. Cuentos Policiales. 3. Cuentos. I. Salgado, Azul, trad. II. Título.
  CDD 843

Introducción

Maurice Leblanc nació en Ruan, Normandía, un 11 de diciembre de 1864, en el seno de una familia adinerada. Presionado por su entorno, Leblanc viajó a distintos países para formarse y dedicarse al negocio de astilleros de su padre. Luego de tiempo de intentar aplicarse al trabajo industrial, viajó a París para estudiar Derecho, carrera que abandonó para finalmente dedicarse a su única pasión: la escritura.

Comenzó siendo reportero policial para varios diarios parisinos, intentando cultivar su destreza para la escritura en el centro de la cultura occidental. Nutrió su prosa con influencias de Guy de Maupassant y Gustave Flaubert y comenzó a publicar sus cuentos en distintas revistas. El público no parecía responder a su material, pero Leblanc no abandonó su sueño de dedicarse a la escritura.

Habiendo desarrollado su habilidad, pero aún no su notoriedad, el joven autor publicó su primera novela en 1887, *Une femme*, sin mucho éxito. Lamentablemente, sus siguientes novelas sufrieron el mismo destino. Incluso estrenó una obra de teatro de su autoría en el año 1904, *La pitié*, pero tampoco obtuvo el recibimiento del público que tanto deseaba. La audiencia francesa seguía considerando al autor nada más que un simple escritor de cuentos, de poca nombradía.

Unos años después, en 1907, ya en sus cuarenta años, el editor de *Je sais Tout*, lo contactó para encargarle un cuento policial para el N°6 de su revista, a estrenarse el 15 de julio de ese año. El cuento debía retomar características populares de los cuentos de Conan Doyle, su contemporáneo, que en aquel momento publicaba las primeras historias de Sherlock Holmes, con gran éxito. Bajo estas indicaciones, Leblanc creó al personaje de Arsène Lupin para protagonizar esta primera historia a publicarse: *La detención de Arsène Lupin*. Según lo dicho por el propio autor, este era el único cuento que tenía planeado escribir de Lupin, pero tanto a su editor como al público les impresionó este personaje tan intrigante, y Leblanc decidió desarrollarlo aún más.

Muy pronto, Arsène Lupin, al igual que lo había hecho su rival inglés, Sherlock Holmes, cobró tanta fama que opacó a su creador, y por más intentos y nuevas novelas publicadas por Leblanc, nada pudo igualar la aceptación y apreciación del público que recibió el caballero-ladrón. Finalmente, el autor aceptó el rumbo que su público le indicaba, y se dedicó a escribir más historias de Lupin, aunque aún con cierto resentimiento.

El noveno cuento del personaje, incluido en esta edición, se tituló Sherlock Holmes llega tarde, e incorporó a la narrativa al detective de Conan Doyle. Este hecho, aunque disparó la fama de Leblanc, trajo aparejado un problema de derechos de autor sobre el detective inglés. Fue entonces que Leblanc, obligado a cambiarle el nombre para no incumplir las normas de copyright, lo rebautizó Herlock Sholmes. Hoy en día, los derechos sobre ese personaje han expirado, y por lo tanto, esta edición usa su nombre original.

Luego de dos años de publicar sus cuentos en la revista, Maurice Leblanc decidió recopilar las aventuras de Arsène Lupin en tomos, y comenzó a publicarlas en libros. El primero de ellos se tituló *Arsène Lupin: Gentleman-Cambrioleur*. Si bien Leblanc continuó publicando libros de otras temáticas, el autor escribió sobre este personaje hasta el momento de su muerte, en 1941, al punto de ser consumido por él, e incluso firmar con ese nombre en el libro de visitas de un restaurante.

En 1908 se lo nombró Caballero de la Legión de Honor y, una década después, Oficial de la Legión de Honor, por sus méritos extraordinarios y contribuciones extraordinarias a la literatura francesa. Tal fue el reconocimiento alcanzado por el autor que luego de su muerte fue enterrado en el Cementerio de Montparnasse, junto a Charles Baudelaire, César Vallejo, Pierre-Joseph Proudhon, Samuel Beckett, Tristan Tzara, Jean Paul Sartre, Julio Cortázar, Marguerite Duras y Simone de Beauvoir, entre otros.

Arsène Lopin

Como se ha dicho, el nacimiento del personaje surgió a partir de un encargo del editor de la revista *Je sais Tout*, pero, si bien Leblanc siguió las sugerencias de su editor para incorporar ciertas características particulares a su personaje, lejos está este aventurero que opera en el gris de la ley de aquel detective creado por Conan Doyle. Se cree que, si bien las principales fuentes de inspiración que tomó Maurice Leblanc para crear el personaje fueron varias, se basó principalmente en dos que mencionaremos a continuación.

En primer lugar, en la vida de Marius Jacob, un anarquista francés que se encontraba en juicio a principios de 1905.

Era un joven ladrón francés de gran intelecto, cómico y "de gran generosidad para con sus víctimas". Se regía bajo ciertas normas, similares a las del personaje de Leblanc: jamás mataría, salvo en una situación extrema, para sobrevivir, y solo robaría a quienes uno podría considerar parásitos sociales, como aristócratas o jueces, pero nunca a personas útiles para la sociedad, como artistas, médicos o trabajadores.

La segunda fuente de inspiración fue la obra de Octave Mirbeau, *Les Vingt et un Jours d'un neurasthénique,* una novela expresionista publicada en 1901, que narra las aventuras de un caballero-ladrón, y su comedia, *Scrupules,* en la que se pone en tela de juicio a la ley y a los políticos.

En cuanto al mismísimo nombre del personaje: fue tomado del consejero municipal de París, Arsène Lopin, que luego de una serie de protestas al autor, se cambió a Lupin.

Arsène Lupin para siempre

Las aventuras del caballero–ladrón escritas por su autor están repartidas en dieciocho novelas, treinta y nueve cuentos y cinco obras de teatro. Sin embargo, luego de la muerte del autor, el personaje tan amado por el público francés, y luego también por el mundo, fue retomado por otros autores, continuando con sus aventuras en nuevos libros, cómics, adaptaciones cinematográficas, videojuegos y series.

El personaje fue creado originalmente como un joven anarquista, solitario y aventurero, con un solo amigo permanente, su historiógrafo —quien narra los cuentos—, que trabaja con un equipo sólo cuando es estrictamente necesario. Sin embargo, mucho de esto ha ido mutando, sobre todo lo relativo al contexto histórico, alejándose de la *Belle Époque* y acompasándose a los tiempos de cada autor. Pero la esencia del seductor caballero–ladrón, su inteligencia superior, su talento de escapista y su clásico sobretodo –originalmente, levita– son inmutables al tiempo y al cambio de quien sostiene la pluma.

La obra de Leblanc es, sin duda, eterna e infinita. Su personaje siempre tendrá más aventuras por delante, pero la apreciación de la concepción original de Arsène Lupin, tal y como lo presentó al mundo su autor, es indispensable.

Azul Salgado

La detención
de Arsène Lupin

¡Qué viaje más raro! ¡Y, sin embargo, había empezado tan bien! Por mi parte, jamás había hecho una travesía que se anunciara bajo unos auspicios más venturosos. El Provence es un transatlántico rápido, cómodo y está bajo el mando del hombre más amable de todos. A bordo se encontraba reunida la élite. Se establecían relaciones, se organizaban diversiones y pasatiempos.

Teníamos esa extraña sensación de hallarnos separados del mundo, reducidos a nosotros mismos como si nos encontráramos en una isla desconocida, y obligados, en consecuencia, a acercarnos los unos a los otros.

Y, en efecto, nos acercamos…

¿Han pensado ustedes alguna vez en lo que hay de original y de imprevisto en ese agrupamiento de seres que, incluso la noche anterior, ni siquiera se conocían, y que, durante algunos días, entre la infinidad del cielo y la inmensidad del mar, van a vivir la existencia más íntima, y a desafiar la ira del océano, las terroríficas embestidas de las olas y la angustiosa calma del agua dormida?

Podría decirse que se trata sin más de la propia vida, con sus tempestades y sus grandezas, su monotonía y su diversidad, y he ahí el porqué de quien embarca en ese corto viaje del cual se percibe ya el fin en el mismo momento en que se inicia.

Pero, desde hace algunos años, ha llegado a la vida del viajero transatlántico una nueva sensación. La pequeña isla flotante ahora se encuentra conectada al mundo del que alguna vez estuvo desprendido. Subsiste una relación, un nudo que no se desata sino poco a poco, en pleno océano, y poco a poco también, y en pleno océano, se vuelve a anudar: la radiotelegrafía. Es como una llamada de otro universo del cual se recibieran noticias en la forma más misteriosa posible. La imaginación no tiene siquiera el recurso de evocar los hilos de alambre por los cuales se desliza el mensaje invisible. El misterio es todavía más indescifrable y más poético también, y debemos recurrir a las alas del viento para explicar este nuevo milagro.

En las primeras horas de viaje nos sentimos seguidos, escoltados, incluso precedidos por esa voz lejana que, de a ratos nos susurraba a alguno de nosotros unas palabras de un mundo que se encontraba muy a lo lejos. Dos amigos me hablaron. Y otros diez o veinte les enviaron a los pasajeros sus adioses tristes o alegres, a través del espacio.

Al segundo día, a quinientas millas de la costa de Francia, en medio de una tormenta violenta, el telégrafo nos transmitió un despacho cuyo contenido decía:

> "Arsène Lupin está a bordo de su navío. Primera clase, cabellos rubios, herida antebrazo derecho, viaja solo, bajo el nombre de R..."

En ese preciso momento, el cielo sombrío se vio iluminado por el estallido iracundo de un trueno. Las ondas eléctricas quedaron interrumpidas. El resto del mensaje nunca llegó.

Del nombre bajo el cual viajaba Arsène Lupin no se supo más que la inicial. Si se hubiera tratado de otra noticia, no dudo en absoluto que el secreto hubiera sido guardado escrupulosamente por los empleados de la estación radiotelegráfica, así como por el comisario de a bordo y por el capitán. Pero hay acontecimientos que parecen escapar a la discreción más rigurosa. Aquel mismo día, sin que pueda decirse en qué forma, el hecho había sido divulgado, ya todos sabíamos que el famoso Arsène Lupin se ocultaba entre nosotros.

¡Arsène Lupin entre nosotros! ¡El ladrón cuyas proezas se contaban en todos los periódicos desde hacía meses! ¡El enigmático personaje había tenido un duelo con el detective Ganimard, peripecias que se desarrollaron de forma muy extravagante! Arsène Lupin, el excéntrico caballero que opera sólo en los castillos y salones y que, una noche en que penetró en la casa del barón Schormann, se marchó con las manos vacías, dejando una tarjeta con esta frase: "Arsène Lupin, el caballero ladrón, volverá cuando los muebles de esta mansión sean auténticos". Arsène Lupin, el hombre de los mil disfraces, que se ha hecho pasar por chofer, tenor, corredor de apuestas, por viajante de comercio marsellés, médico ruso, torero español, hijo de familia, adolescente y hasta por un viejo decrépito!

Consideremos entonces esta situación: ¡Arsène Lupin, yendo y viniendo dentro del marco relativamente restringido y estrecho de un transatlántico, en este pequeño rincón que representa la primera clase de un barco, donde la gente se encuentra entre sí cada dos por tres, en el comedor, en el salón, en la sala de fumar! Arsène Lupin podía ser aquel señor…, o ese otro…, o mi vecino de mesa…, o mi compañero de camarote…

—¿Y esto va a durar cinco días? —exclamó a la mañana siguiente la señorita Nelly Underdown—. Pero ¡esto es insoportable! Espero que lo arresten.

Y dirigiéndose a mí, agregó:

—Veamos; dígame, señor De Andrézy, usted que está en buenos términos con el capitán, ¿acaso no sabe nada?

¡Yo bien hubiera querido saber algo, aunque sólo fuera para poder compartirlo con la señorita Nelly! Era una de esas personas que por donde quiera que fuera son el centro de atención. La belleza y la fortuna crean una combinación irresistible, y la señorita Nelly poseía ambas.

Educada en París por una madre francesa, iba camino a reunirse con su padre, el señor Underdown, en Chicago, un hombre asquerosamente rico. La acompañaba una de sus amigas, Lady Jerland.

En un primer momento, yo había pensado en coquetear con ella, pero, en la rápida intimidad del viaje, su belleza me había cautivado, y yo me sentía demasiado involucrado emocionalmente para un simple coqueteo. Además, ella recibía mis atenciones con cierta aceptación. Se dignaba a reír ante mis frases ingeniosas y a interesarse por mis anécdotas. Sin embargo, sentí que tenía un rival: un joven guapo, elegante, reservado. Ella parecía preferir su carácter taciturno y refinado a mis —malos— modales parisinos.

Precisamente, ese joven formaba parte del círculo de admiradores que rodeaban a la señorita Nelly cuando ella me interrogó. Nos encontrábamos en el puente, cómodamente instalados en sillas mecedoras. La tempestad del día anterior había desaparecido del cielo. La noche estaba magnífica.

—Yo no sé nada con exactitud, señorita —le respondí— pero podríamos llevar a cabo nuestra propia investigación, al igual que lo haría el viejo Ganimard, el enemigo personal de Arsène Lupin.

–¡Oh! ¡Oh! Usted se precipita mucho.

–¿En qué? ¿Acaso considera que el problema sea tan complicado?

–En efecto, muy complicado.

–Es que usted se olvida de las claves con las que contamos para resolverlo.

–¿Qué claves?

–Primero, Lupin se hace llamar señor R...

–Esa información es un poco vaga.

–Segundo, viaja solo.

–¿Esto le es útil a usted?

–Tercero, es rubio.

–Y luego, ¿qué?

–Luego, ya no hace falta más que consultar la lista de pasajeros y proceder por el sistema de eliminación.

Yo tenía esa lista en mi bolsillo. La tomé y me puse a examinarla.

–En primer lugar, noto que sólo hay trece personas cuya inicial llame nuestra atención.

–¿Trece solamente?

–En primera clase, sí. Y de esas trece personas cuya inicial es R..., como ustedes pueden comprobar, nueve vienen acompañadas de esposas, de niños o de criados. Quedan sólo cuatro personas: el marqués de Raverdan...

–Secretario del embajador estadounidense... –interrumpió la señorita Nelly–. Yo lo conozco.

–El comandante Rawson,

–Es mi tío –dijo alguien.

–El señor Rivolta,

–¡Presente! –exclamó uno de entre nosotros, un italiano, cuyo rostro desaparecía bajo una barba del más hermoso color negro.

La señorita Nelly estalló, a reír.

—El señor no es precisamente rubio.

—Entonces —volví a hablar yo— estamos obligados a llegar a la conclusión de que el culpable es el último de la lista.

—¿O sea?

—O sea el señor Rozaine. ¿Alguien de ustedes conoce al señor Rozaine?

Todos callaron. Pero la señorita Nelly, interpelando al joven taciturno cuya asiduidad cerca de ella me atormentaba, le dijo:

—Y bien, señor Rozaine. ¿No contesta usted?

Todos volvimos la mirada hacia él. Era rubio. Confieso que sentí como un pequeño impacto. El molesto silencio que pesaba sobre nosotros me indicó que los demás experimentaban esa misma clase de alerta repentina. Era absurdo, puesto que, en su porte nada permitía el sospechar de él.

—¿Que por qué no respondo? —dijo—. Pues, porque considerando la inicial de mi nombre, mi carácter de viajero solitario y el color de mi pelo llegué a la misma conclusión. Por consiguiente, creo que se me debería arrestar.

Tenía un aspecto extraño al pronunciar esas palabras. Frunció sus labios finos, se afinaron aún más y palidecieron, mientras sus ojos se estriaron con sangre. Sin duda bromeaba, sin embargo, su fisonomía y su actitud eran alarmantes.

Ingenuamente, la señorita Nelly preguntó:

—Pero ¿tiene usted una herida?

—Es verdad, me falta la herida —replicó él.

Con un ademán nervioso se subió la manga y descubrió el brazo. Pero inmediatamente me asaltó una idea. Mis ojos se cruzaron con los de la señorita Nelly: el hombre nos mostraba el brazo izquierdo. Y estuve a punto de hacer esa observación, cuando un incidente nos distrajo. Lady Jerland, la amiga de la señorita Nelly, llegaba en ese instante corriendo con gran desconcierto, balbuceando:

—¡Mis alhajas, mis perlas!... ¡Me robaron todo!

Pero no, no le habían robado todo, como nos enteramos luego. Fue de lo más curioso: ¡El ladrón había desarmado las joyas!

De los pendientes, los collares y de los brazaletes se habían quitado no las piedras más grandes, sino las más finas, las más preciosas, aquellas que representaban el mayor valor y ocupaban el menor espacio. Las monturas se encontraban sobre la mesa. Yo las vi, las vimos todos, despojadas de sus joyas como margaritas deshojadas despiadadamente.

El robo debió haber tenido lugar durante la hora en que lady Jerland tomaba el té. Había sido preciso, en pleno día, y en un pasillo muy concurrido. Violentar la puerta del camarote, encontrar una pequeña bolsa disimulada en el fondo de una caja de sombreros, abrirla y desarmar las joyas.

Todos llegamos a la misma conclusión: el robo había sido obra de Arsène Lupin.

A la hora de la cena, los asientos a ambos lados de Rozaine permanecieron vacíos. Y por la noche oímos rumores de que había sido arrestado por el capitán. Su detención brindó una verdadera sensación de alivio y seguridad a todos a abordo. Al fin respirábamos. Esa noche reanudamos los juegos y bailes. La señorita Nelly, en especial, dio muestras de una alegría aturdidora que me hizo ver que si las atenciones de Rozaine le habían sido gratas en un principio, ya no las recordaba en absoluto. Su gracia y encanto acabó de conquistarme. Hacia la medianoche, bajo la serena claridad de la luna, yo le declaraba mi devoción con una emoción que no pareció desagradarle en absoluto.

Pero al día siguiente, para sorpresa de todos, se supo que, a causa de que los cargos presentados contra él no tenían suficiente evidencia que los respalde, Rozaine había quedado en libertad. Había presentado documentos que estaban completamente en regla, que demostraban que era el hijo de un importante comerciante de Burdeos. Además, sus brazos no presentaban el menor rastro de heridas.

—¡Documentos! ¡Certificados de nacimiento! —clamaron los enemigos de Rozaine—. Pero ¡si Arsène Lupin les presentaría a ustedes tantos como ustedes quisieran! Y en cuanto a la herida, lo que ocurre es que nunca existió… ¡o bien que la curó!

Luego se probó que, a la hora del robo, Rozaine se paseaba por el puente. A lo que sus enemigos replicaban que un ladrón del calibre de Arsène Lupin no necesitaba estar presente en un robo que él mismo cometía.

Y aparte de todo esto, había un punto que hasta los más escépticos no podían contestar: ¿quién, salvo Rozaine, viajaba solo, era rubio y tenía un nombre que comenzaba con R? ¿A quién apuntaba el telegrama, si no era a Rozaine?

Y cuando Rozaine, algunos minutos antes del desayuno, se dirigió osadamente a nuestro grupo, la señorita Nelly y lady Jerland se levantaron de sus asientos y se fueron, sin más.

Una hora más tarde, un panfleto escrito a mano pasó de mano en mano entre los empleados a bordo, la marinería y los viajeros de todas las clases: el señor Luis Rozaine prometía una suma de diez mil francos a quien desenmascarase a Arsène Lupin o encontrase a la persona en cuyo poder estuvieran las alhajas robadas.

—Y si nadie acude en mi ayuda contra ese bandido —le declaró Rozaine al capitán—, lo encontraré por mi cuenta.

Rozaine contra Arsène Lupin, o, más bien, conforme a la opinión popular, el propio Arsène Lupin contra Arsène Lupin. Una batalla interesante de presenciar.

Tal lucha se prolongó durante dos días. Se vio a Rozaine ir de un lado a otro, mezclarse entre el personal, interrogar, hurgonear. Por su parte, el capitán desplegó gran energía y actividad. El Provence fue registrado de arriba abajo, y por todos los rincones. Se registraron todos los camarotes, sin excepción, con el pretexto de que los objetos estaban ocultos en algún lugar, sin importar qué lugar fuera, salvo el camarote del culpable.

—Así se va a descubrir algo pronto, ¿no? —me preguntó la señorita Nelly—. Por muy brujo que sea, no puede hacer que los diamantes y las perlas se hagan invisibles.

—En efecto —le respondí yo—, pero deberían registrar las copas de nuestros sombreros, el forro de nuestros abrigos y todo lo que llevemos puesto.

Y mostrándole mi máquina de retratar, que era una 9 x 12, con la cual yo no dejaba de fotografiarla en las posturas más diversas, le dije:

—En un aparato no más grande que este habría lugar para esconder todas las piedras preciosas de lady Jerland. Basta con simular que se toman fotos, y nadie sospecharía nada.

—Sin embargo, yo he oído decir que no existe ladrón alguno que no deje detrás de él alguna huella.

—Esa es la regla, pero por toda regla existe una excepción: Arsène Lupin.

—¿Por qué?

—¿Por qué? Porque él no piensa solamente en el robo que realiza, sino también en todas las circunstancias conectadas al acontecimiento que podrían delatarlo.

—En un principio usted se mostraba más confiado.

—Pero desde entonces lo vi en acción.

—Entonces, ¿según usted...?

—Según yo, perdemos el tiempo.

Y en realidad las investigaciones no daban resultado alguno, o, cuando menos, el resultado que dieron no fue el esperado: al capitán le robaron su reloj. Furioso, redobló sus esfuerzos en las investigaciones y vigiló aún más de cerca a Rozaine, con el cual ya había tenido varias entrevistas. A la mañana siguiente, por una graciosa ironía, el reloj desaparecido fue encontrado entre los collarines del capitán de segunda.

Todo esto tenía un cierto aire de prodigio y dejaba claro el estilo humorístico de Arsène Lupin, el ladrón, es verdad, pero también diletante. Nos recordaba al escritor que casi muere de risa provocada por su propia obra. Trabajaba por gusto y por vocación, cierto, pero a la vez para divertirse. Decididamente se trataba de un artista en su género, y cuando observaba a Rozaine, sombrío y obstinado, y pensaba en el doble papel que ese personaje estaba sin duda representando, no podía evitar sentir cierta admiración por él.

La noche siguiente, un oficial de guardia oyó quejidos que provenían del lugar más oscuro del puente. Se acercó y encontró tendido en el suelo a un hombre con la cabeza envuelta en una bufanda gris gruesa con las manos atadas con un piolín. El hombre fue desatado y asistido para incorporarse. Era Rozaine, que había sido asaltado en el curso de una de sus investigaciones, derribado y despojado del dinero que llevaba. En una tarjeta sujeta a su saco con un alfiler se leía: "Arsène Lupin acepta con agradecimiento los diez mil francos del señor Rozaine". Pero, en realidad, la billetera robada contenía *veinte mil* francos.

Naturalmente, se acusó al desventurado de haber simulado ese ataque contra sí mismo. Pero, aparte de que le hubiera sido imposible el amarrarse de la forma que él estaba, quedó comprobado que la escritura de la tarjeta era completamente distinta de la escritura de Rozaine, y se parecía, por el contrario, extraordinariamente a la de Arsène Lupin, conforme aparecía reproducida en un viejo periódico encontrado a bordo.

Así, pues, Rozaine no era en absoluto Arsène Lupin. Rozaine era Rozaine, hijo de un negociante de Burdeos. Y la presencia de Arsène Lupin se confirmaba una vez más, de la forma más alarmante.

Eso era el terror mismo. Ya nadie se atrevía a permanecer a solas en su camarote, y mucho menos a aventurarse sin compañía por zonas del barco demasiado alejadas. Prudentemente, los pasajeros se agrupaban unos con otros. Y aun así, por un impulso instintivo, se desconfiaba hasta de los más íntimos amigos. Y es que la amenaza no tenía una cara en particular. Ahora, Arsène Lupin era todo el mundo. Nuestra imaginación sobreexcitada le atribuía un poder milagroso e ilimitado. Se le suponía capaz de adoptar los disfraces más inesperados, de ser unas veces el comandante Rawson, otras el marqués de Raverdan, o incluso –pues nadie se limitaba ya a la acusadora inicial del nombre–, tal o cual persona conocida de todos y que venía acompañada de su esposa, de niños y de criados.

Los primeros mensajes radiotelegráficos recibidos de América no trajeron ninguna novedad. Cuando menos, el capitán no nos lo comunicó, y semejante silencio no era para nada tranquilizador.

El último día de viaje nos pareció interminable. Vivíamos con un miedo constante de que ocurriese una desgracia. Esta vez ya no sería un robo, no sería ya una simple agresión, sino que sería un crimen, un asesinato. No creíamos posible que Arsène Lupin se limitara a dos robos insignificantes. Dueño absoluto del navío, con las autoridades sometidas ante su poder, no tenía más que desear una cosa para realizarla. Todo le estaba permitido; nuestros bienes y vidas estaban a su merced.

Confieso que aquellas eran horas placenteras para mí, porque me permitieron conquistar la confianza de la señorita Nelly. Impresionada por tantos acontecimientos, y siendo de naturaleza inquieta, ella buscó a mi lado una protección, una seguridad que yo estaba contento de brindarle. En el fondo, daba gracias a Arsène Lupin. ¿Acaso no era él quien nos aproximaba a la señorita Nelly y a mí? ¿No era gracias a él que yo tenía el derecho de sumergirme en los más hermosos sueños? Sueños de amor y felicidad que sentí que la señorita Nelly compartía. Sus ojos sonrientes me autorizaban a tenerlos. La dulzura de su voz me llenaba de esperanza. Y hasta el último momento, acodados sobre la baranda permanecimos el uno junto al otro, mientras la línea de las costas americanas desfilaba ante nosotros.

Las investigaciones habían sido interrumpidas. Había un compás de espera. Desde las clases de primera hasta el entrepuente, se esperaba el momento supremo en que, al fin, se explicaría el enigma insoluble. ¿Quién era Arsène Lupin? ¿Bajo qué nombre, bajo qué máscara se ocultaba el famoso Arsène Lupin? Y ese momento supremo llegó. Podría vivir cien años y aun así jamás me olvidaría de ningún detalle de ese momento.

—¡Qué pálida está usted, señorita Nelly! —le dije a mi compañera, que se apoyaba en mi brazo al borde del desmayo.

—¡Y usted! —me respondió ella—. ¡Ah!, ¡qué cambiado está usted!

—¡Imagínese! Este momento es apasionante, y yo me siento tan feliz de vivirlo junto a usted, señorita Nelly… Me parece que el recuerdo de usted se hará más profundo…

Pero ella no escuchaba. Estaba palpitante y febril. Se bajó la pasarela. Pero antes que quedáramos en libertad de cruzarla, un grupo de personas subió a bordo; eran aduaneros, hombres de uniforme, personal de Migraciones.

La señorita Nelly balbuceó:

—Ahora dirán que Arsène Lupin se escapó durante el viaje, y a mí no me sorprendería.

—Quizá prefirió la muerte a la deshonra y se arrojó al Atlántico antes de ser detenido.

—No se burle —dijo ella.

De pronto sentí un estremecimiento, y ante la pregunta escrita en su rostro, le dije:

—¿Ve usted aquel hombre mayor, pequeño, en la punta de la pasarela?

—¿Aquel, que lleva un paraguas y un saco color verde oliva?

—Ese hombre es Ganimard.

—¿Ganimard?

—Sí, el célebre policía, el que ha jurado que detendría a Arsène Lupin con sus propias manos. ¡Ah! Ya comprendo por qué no había informes de este lado del océano. Ganimard estaba aquí. No le gusta que nadie se ocupe de sus asuntos.

—Entonces, Arsène Lupin puede tener la seguridad de que será detenido.

—¿Quién lo sabe? Lo inesperado siempre sucede cuando se trata de Arsène Lupin.

—¡Ah! —dijo ella con curiosidad un poco cruel y femenina—. ¡Si yo pudiera presenciar la detención!

—Tengamos paciencia. Con seguridad que Arsène Lupin ha notado ya la presencia de su enemigo y no tendrá prisa por bajar del barco. Va a esperar a que los policías estén cansados.

El desembarque dio comienzo. Apoyado en su paraguas, con aire indiferente, Ganimard no parecía prestar atención a la muchedumbre que se agolpaba para bajar. Yo observé que un oficial de a bordo, colocado detrás de él, le daba informes de cuando en cuando. El marqués de Raverdan, el comandante Rawson, el italiano Rivolta fueron desfilando, y otros, muchos otros... Y entonces observé que Rozaine se acercaba. ¡Pobre Rozaine! ¡No parecía repuesto todavía de sus desventuras!

–Quizá sea él, a pesar de todo –me dijo la señorita Nelly. ¿Qué cree usted?

–Yo pienso que sería en extremo interesante el conservar en una misma fotografía a Rozaine y Ganimard. Tome usted mi máquina, pues estoy demasiado cargado de cosas.

Se la di, pero era demasiado tarde. Rozaine ya había pasado. El oficial se inclinó sobre la oreja de Ganimard, éste alzó levemente los hombros y Rozaine siguió adelante. Pero, entonces, ¿quién era Arsène Lupin?

–Sí –dijo ella en voz alta–. ¿Quién es?

Ya no quedaban más que unas veinte personas. Ella las observaba atentamente una a una con el temor profundo de que una de ellas fuese él.

Yo le dije:

–Ya no podemos esperar mas tiempo.

Ella se adelantó y yo la seguí. Pero apenas habíamos caminado diez pasos, cuando Ganimard nos cerró el paso.

–Bien, ¿qué ocurre? –exclamé yo.

–Un momento, señor. ¿Qué prisa tiene usted?

Y luego repitió con voz más autoritaria:

–Un momento, señor.

–Estoy escoltando a esta señorita.

Ganimard me observó profundamente, y luego, clavando sus ojos en los míos, me dijo:

–Arsène Lupin, ¿no es así?

Yo me eché a reír.

—No, yo soy Bernard De Andrézy.

—Bernard De Andrézy murió hace tres años en Macedonia.

—Si Bernard De Andrézy hubiese muerto, yo ya no estaría en este mundo. Y ese no es el caso. He aquí mis documentos.

—Estos son sus documentos. Pero cómo es que usted los tiene en su poder, es algo que tendrá el placer de explicar.

—Pero ¡usted está loco! Arsène Lupin se ha embarcado bajo el nombre de R.

—Sí, ese es un truco más de usted, una falsa pista sobre la cual usted los lanzó a ellos allá. ¡Ah! Es usted muy valeroso, joven. Pero esta vez la suerte le ha dado la espalda.

Vacilé un instante. De un golpe seco me golpeó en el antebrazo derecho. Lancé un grito de dolor. Había golpeado sobre la herida aún mal cerrada de la que hablaba el telegrama.

No quedaba otra opción que resignarse. Me volví hacia la señorita Nelly. Esta escuchaba lívida, dubitativa. Su mirada se tropezó con la mía, luego la bajó hacia la máquina de retratar que yo le había entregado. Hizo un ademán brusco y tuve la impresión, tuve la certeza de que ella comprendió todo súbitamente. Sí, ahí estaban, entre las paredes estrechas de cuero granulado negro, en los dobleces de aquel pequeño objeto que yo había tenido la precaución de depositar en sus manos antes de que Ganimard me detuviera, era ahí exactamente donde se encontraban los veinte mil francos de Rozaine y las perlas y los diamantes de lady Jerland.

¡Ah! Lo juro. En ese momento solemne, cuando Ganimard y dos de sus ayudantes me rodearon, todo me fue indiferente, tanto la detención como la hostilidad de la gente…, todo excepto esto: qué haría la señorita Nelly respecto a lo que yo le había confiado durante el viaje. En la ausencia de evidencia sustancial como esa no había nada que temer, pero ¿se decidiría la señorita Nelly a proporcionarla? ¿Sería yo traicionado por ella, condenado por ella? ¿Procedería ella como un enemigo que no me podría perdonar, o bien como una mujer que recuerda y cuyo desprecio se apacigua con un poco de indulgencia, con un poco de simpatía involuntaria?

Ella pasó ante mí, yo la saludé, sin una palabra. Se encaminó hacia los demás pasajeros, y se alejó en la pasarela con mi máquina fotográfica en la mano. Sin duda, pensé, ella no se atrevería a exponerme en público. Lo hará una vez que llegue a un espacio más privado. Mas, al llegar al medio de la pasarela, con un movimiento torpe y mal disimulado, dejó caer la máquina al agua entre el muro del muelle y el costado del navío. Luego la vi alejarse rápidamente. Su bella silueta se perdió entre la multitud, volvió a aparecer y de nuevo desapareció. Todo había terminado, para siempre.

Por un instante, quedé inmóvil, triste y a la vez penetrado de una dulce ternura, y luego, con gran sorpresa de Ganimard, suspiré:

—Qué pena, a pesar de todo, no soy un hombre honrado...

Fue así como, en una tarde de invierno, Arsène Lupin me contó la historia de su detención. El cúmulo de incidentes cuyo relato yo escribiría algún día había anudado entre nosotros un vínculo, diría yo, de... ¿amistad? Sí, me atrevería a decir que Arsène Lupin me honra con su amistad y que es por amistad que él llega algunas veces a mi casa de improviso, trayendo al silencio de mi biblioteca su alegría juvenil, el resplandor de su vida ardiente, su bello humor de hombre para quien el destino no tiene más que favores y sonrisas.

¿Su retrato? ¿Cómo podría describirlo? Veinte veces he visto a Arsène Lupin y veinte veces es un ser diferente el que se me ha presentado... o, mejor dicho, el mismo ser del cual veinte espejos me hubieran enviado otras tantas imágenes deformadas, teniendo cada una sus ojos particulares, su forma especial de rostro, su gesto propio, su silueta y su carácter.

—Yo mismo —me dijo él— ya no sé bien quién soy. Me miro al espejo y ya no me reconozco.

Humor, ciertamente, y paradoja, pero a la vez una verdad con respecto a aquellos que se tropiezan con él y que ignoran sus recursos infinitos, su paciencia, su arte para maquillarse, su prodigiosa facultad para transformar hasta las proporciones de su rostro y de alterar incluso la relación existente entre sus rasgos.

—¿Por qué —dice, él también— habría de tener yo una apariencia definida? ¿Por qué no evitar ese peligro de una personalidad siempre idéntica? Mis actos me designan suficientemente.

Y con un poquito de orgullo precisa:

—Tanto mejor si no pueden decir jamás con entera certidumbre: "He aquí a Arsène Lupin". Lo esencial es que digan sin temor a equivocarse: "Arsène Lupin ha hecho esto o aquello".

Son algunos de sus actos, algunas de sus aventuras los que yo trato de reconstruir, conforme a las confidencias de las cuales tuvo generosidad de hacerme partícipe, en ciertas tardes de invierno, en el silencio de mi oficina.

Arsène Lupin en prisión

No hay un turista digno de considerarse como tal que no conozca las orillas del Sena y que no haya observado, yendo desde las ruinas de Jumieges a las ruinas de Saint-Wandrille, el extraño y pequeño castillo feudal de Malaquis, erguido sobre una roca en pleno río. El arco de un puente lo une con la carretera. La base de sus sombrías torres se confunde con el granito que la sostiene: un enorme bloque de piedra desprendido de no se sabe qué montaña y arrojado ahí por algún terremoto formidable. Alrededor, el agua tranquila del gran río juega entre los cañaverales y las aguanieves tiemblan sobre la cresta húmeda de los guijarros.

La historia del castillo de Malaquis es tan ruda como su nombre y tan áspera como su aspecto. Ahí hubo sólo combates, cercos, asaltos, rapiñas y masacres. En esas tierras se cometieron crímenes no aptos para los de corazón frágil. Se cuentan misteriosas leyendas sobre el castillo, que hablan del famoso túnel subterráneo que en tiempos pasados conducía a la abadía de Jumieges y la mansión de Agnés Sorel, la bella amiga de Carlos VII.

En este antiguo refugio de héroes y de pícaros habita el barón Nathan Cahorn, el barón Satán, como antiguamente lo llamaban en la Bolsa, donde se enriqueció un tanto bruscamente. Los señores del castillo de Malaquis, arruinados, tuvieron que vender por centavos aquella que era la mansión de sus antepasados. Había instalado ahí sus admirables colecciones de muebles y de cuadros, de lozas y de maderas talladas. Vivía solo, con tres viejos criados Nadie iba ahí jamás. Nadie había contemplado en el decorado de sus salas antiguas los tres Rubens que posee, sus dos Watteau, su silla de Jean Goujon, y tantas otras maravillas arrancadas a golpes de billetes a los más ricos concurrentes habituales a las subastas públicas.

El barón Satán vivía en un miedo constante. Tenía miedo no tanto por él mismo sino por los tesoros acumulados con una pasión tenaz. Amaba esos tesoros. Los amaba ansiosamente como un avaro, y celosamente como un enamorado. Cada día, al ponerse el sol, las cuatro puertas de hierro forjado que yacían a los dos extremos del puente de la entrada del patio de honor se cerraban y se echaban los cerrojos. Al menor contacto, unas campanillas eléctricas sonarían en el castillo. Por el lado del Sena, nada había que temer: la roca se alzaba perpendicularmente.

Sin embargo, una tarde de septiembre el cartero se había presentado al extremo del puente. Y como de costumbre, fue el propio barón quien abrió las pesadas puertas. Examinó tan minuciosamente a aquel hombre, como si no conociera desde hacía ya años aquel rostro alegre, con sus ojos maliciosos de campesino; y el hombre le dijo riendo:

—Soy yo, el mismo de siempre, señor barón. ¿Acaso piensa que alguien más se puso mi uniforme y mi gorra?

—Uno nunca puede estar seguro —murmuró Cahorn.

El cartero le hizo entrega de un montón de periódicos. Luego añadió:

–Y ahora, señor barón, algo más.

–¿Qué más?

–Una carta… certificada.

Aislado, sin amigos ni nadie que se interesara por él, el barón jamás recibía carta alguna, e inmediatamente todo ello le pareció un acontecimiento de mal augurio por el cual tenía motivos para inquietarse. ¿Quién era aquel misterioso corresponsal que venía a importunarlo en su retiro?

–Tiene que firmar, señor barón.

Firmó, mascullando algo. Luego tomó la carta, esperó a que el cartero hubiese desaparecido en la vuelta del camino y, después de haber caminado nervioso de un lado a otro, se apoyó contra el parapeto del puente y rasgó el sobre, que contenía una única hoja de papel, con el encabezado: "Prisión de la Santé, París". Luego miró la firma: Arsène Lupin.

Estupefacto, leyó:

"Señor barón: En la galería de su castillo hay un cuadro de Felipe Champaigne de un acabado exquisito que me ha cautivado. Sus Rubens son también de mi agrado, así como el más pequeño de sus Watteau. En el salón de la derecha llamaron mi atención el aparador de Luis XIII, los tapices de Beauvais, la mesa de apoyo estilo Imperio, firmada por Jacob y el cofre del Renacimiento. En el de la izquierda, toda la vitrina de joyas y miniaturas.

Por el momento, me conformaré con esos objetos que creo son fáciles de mover. Por consiguiente, le ruego los haga embalar cuidadosamente y me los envíe a mi nombre (a porte pagado) a la estación ferroviaria de Batignolles, en un plazo de ocho días. De otro modo, me ocuparé yo mismo de su traslado durante la noche del 27 de septiembre. Pero, está usted avisado, bajo esas circunstancias, no me conformaré simplemente con los objetos listados.

Le ruego me disculpe las pequeñas molestias que le pueda causar, y acepte mis saludos cordiales,

Arsène Lupin.

P. S.– Por favor no me envíe el más grande de los Watteau. Aunque usted haya pagado por él treinta mil francos en la Casa de Ventas, es una copia, pues el original fue quemado en tiempos del Directorio por Barras, en una noche de orgía. Sugiero que consulte las Memorias inéditas de Garat.

Tampoco me interesa el broche de cinturón de Luis XV, cuya autenticidad encuentro dudosa".

Esta carta trastornó al barón de Cahorn. Firmada por cualquier otra persona, aquella le hubiera dejado considerablemente alarmado, pero ¡firmada por Arsène Lupin!

Como lector asiduo de la prensa, estaba al corriente de todo cuanto ocurría en el mundo en hechos de robos y crímenes, y no ignoraba nada con respecto a las hazañas del infernal ladrón. Sabía que Lupin había sido detenido en América por su enemigo Ganimard, se hallaba preso y que se estaba tramitando su juicio, y con qué dificultad. Pero sabía también que cabía esperarlo todo por parte de él. Asimismo, pensaba que aquel conocimiento detallado del castillo, de la colocación de los cuadros y de los muebles le daba un aire de lo más alarmante a toda la situación. ¿Quién le había informado sobre cosas que nadie había visto?

El barón alzó la mirada y contempló la silueta imponente del castillo de Malaquis, su pedestal abrupto, el agua profunda que lo rodea, y se encogió de hombros. No, decididamente no había peligro alguno. Nadie en el mundo podría penetrar hasta el santuario inviolable que guardaba sus tesoros.

Nadie, quizás; pero ¿y Arsène Lupin? Para Arsène Lupin, no existen las puertas, puentes levadizos o murallas. ¿De qué sirven los obstáculos mejor imaginados, las más hábiles precauciones, si Arsène Lupin ha decidido robar el castillo?

Aquella misma noche escribió al fiscal de la República de Ruan. Le envió la carta que había recibido y pidió ayuda y protección.

La respuesta no tardó en llegar: encontrándose el llamado Arsène Lupin actualmente detenido en la Santé, vigilado de cerca y en la imposibilidad de escribir, aquella carta no podía ser sino la obra de un impostor. Sin embargo, por exceso de prudencia, se había llamado a un perito para realizar un análisis caligráfico y este declaró que, a pesar de ciertas similitudes, esa escritura no era la del detenido.

Pero las palabras "a pesar de ciertas similitudes" resonaban en la mente del barón. Las consideraba indicio de una duda que debería ser suficiente para que la justicia interviniese. Sus temores se exacerbaron. Releía y releía la carta que había recibido… "Me ocuparé yo mismo de su traslado". Y aquella fecha exacta: la noche del 27 de septiembre.

Confiar en sus sirvientes iría en contra de su naturaleza, pero por primera vez en años, tenía la necesidad imperiosa de hablar con alguien, de buscar un consejo ajeno. Abandonado por la justicia, y con una gran sensación de vulnerabilidad, estuvo a punto de marcharse a París en busca de algún detective que lo asistiera.

Pasaron dos días. Al tercero, mientras leía sus periódicos, se estremeció de alegría, cuando vio un artículo en *Réveil de Caudebec* que decía:

"Tenemos el placer de recibir en nuestra ciudad al inspector Ganimard, uno de los veteranos del servicio de seguridad. El señor Ganimard ha alcanzado la fama en toda Europa tras la detención de Arsène Lupin, su más reciente proeza. Eligió nuestra ciudad como destino para descansar y disfrutar de la pesca en nuestro río".

¡Ganimard! La ayuda que el barón buscaba. ¿Quién mejor que el hábil y paciente Ganimard para acabar con los maliciosos planes de Arsène Lupin?

El barón no lo dudó ni un segundo. La pequeña ciudad de Caudebec estaba a apenas seis kilómetros del castillo, una distancia corta para un hombre que los recorría impulsado por la esperanza de la seguridad.

Tras varios intentos fallidos para descubrir la dirección del inspector, se dirigió a las oficinas del Réveil, situadas en medio del muelle. Ahí encontró al redactor que había escrito la gacetilla, el cual, acercándose a la ventana, exclamó:

—¿Ganimard? Puede estar usted seguro de encontrarle a lo largo del muelle, con su caña de pescar en mano. Es ahí donde yo me crucé con él y leí por casualidad su nombre grabado en la caña. Escuche, es aquel viejito de ahí, bajo los árboles del paseo.

—¿El que lleva un sombrero de paja?

—Exactamente. Es un tipo extraño, malhumorado y de pocas palabras.

Cinco minutos después, el barón se acercaba al célebre Ganimard, se presentaba y trataba de entablar una conversación casual, sin éxito. Entonces abordó con franqueza el asunto, y le expuso su caso.

El inspector escuchó inmóvil, sin perder de vista los peces; después volvió la cabeza hacia el barón, lo miró de pies a cabeza y con un aire de profunda lástima dijo:

—Señor, no es costumbre avisarle a las personas a que se las va a robar. Arsène Lupin, en particular, no cometería semejante error.

—Pero...

—Señor, si yo tuviera la menor duda, créame que el placer de capturar de nuevo a Arsène Lupin me haría ofrecerle mi asistencia. Por desgracia, ese joven se encuentra detrás de las rejas.

—Quizás se escapó.

—Nadie se escapa de la Santé.

—Pero él...

—Ni él ni ningún otro hombre...

—De todas formas...

—Pues bien: si él se escapa, aún mejor; lo volveré a capturar. Mientras tanto, duerma usted tranquilo. Ahora márchese, que espanta a los peces.

La conversación se había acabado. El barón regresó a su casa un tanto tranquilizado por la indiferencia de Ganimard. Examinó las cerraduras, espió a los criados y transcurrieron cuarenta y ocho horas, durante las cuales llegó casi a persuadirse de que sus temores eran infundados.

No, decididamente, como había dicho Ganimard, no se avisa a las personas a quienes se les va a robar.

La fecha se aproximaba. La mañana del 26 llegó y no había ocurrido nada, pero a las tres de la tarde un chico llamó a la puerta. Era portador de un telegrama:

"No hay ningún paquete en la estación de Batignolles. Prepare todo para mañana a la noche. Arsène".

El telegrama sacudió al barón, y lo llevó al borde de la locura, a tal extremo que se preguntó si no sería mejor ceder a las exigencias de Lupin.

Corrió a Caudebec. Ganimard estaba pescando en el mismo lugar, sentado en una silla plegable. Sin decir una palabra, le tendió el telegrama.

–¿Y qué? –preguntó el inspector.

–¿Y qué? Pero si es mañana…

–¿El qué?

–¡El robo! ¡El saqueo de mis colecciones!

Ganimard dejó a un lado su caña, se volvió hacia él y, con tono de impaciencia, exclamó:

–¡Ah! ¿Acaso usted cree que me voy a ocupar de un asunto tan estúpido?

–¿Qué precio pone usted a pasar en el castillo la noche del 27 de septiembre?

–Ni un centavo. Ahora déjeme en paz.

–Fije usted el precio; yo soy rico, extremadamente rico. Puedo pagar lo que pida.

La brusquedad de la oferta desconcertó a Ganimard, que dijo, ya con más calma:

–Me encuentro aquí de vacaciones y no tengo el derecho a aceptar contrataciones.

–Nadie lo sabrá. Me comprometo, pase lo que pase, a guardar silencio.

–¡Oh! No pasará nada.

–Veamos, entonces. Tres mil francos, ¿será suficiente?

El inspector reflexionó un momento y dijo:

–Bien, de acuerdo. Pero debo decir que es dinero tirado por la ventana.

–No importa.

–En ese caso… Después de todo, nunca se sabe con ese diablo de Lupin. Debe de tener a sus órdenes a toda una banda… ¿Confía en sus criados?

–Confiar, lo que se dice confiar…

—Entonces no contemos con ellos. Voy a notificar por telegrama a dos amigos míos. Y ahora márchese usted, que no nos vean juntos. Hasta mañana, lo veré a eso de las nueve.

Al día siguiente, el día fijado por Arsène Lupin para el robo, el barón de Cahorn descolgó su armadura, preparó sus armas y recorrió los pasillos de Malaquis de arriba abajo como un soldado en guardia. No notó nada fuera de lo normal. A las ocho y media, les ordenó a sus criados que se retiraran. Estos vivían en un ala del castillo apartada del área central y de la entrada. Una vez a solas abrió silenciosamente las cuatro puertas. Después de un momento, escuchó pasos que se acercaban. Era Ganimard, acompañado de dos hombres corpulentos con el cuello ancho y manos fuertes. Hizo algunas preguntas para tomar noción de la disposición del espacio y procedió a cerrar cuidadosamente las puertas y atrancar todas las entradas por donde pudiera penetrarse a las salas amenazadas. Inspeccionó los muros, levantó los tapices y finalmente instaló a sus agentes en la galería central en medio de ambos salones.

—Y nada de tonterías, ¿eh? No estamos aquí para dormir. A la menor señal de alarma abran las ventanas del patio y llámenme. Tengan cuidado por el lado del agua. Diez metros de precipicio no son obstáculo para diablos como este.

Los encerró ahí, se llevó las llaves y le dijo al barón:

—Y ahora a nuestro puesto.

Había escogido una pequeña habitación en la gruesa muralla entre las dos puertas principales para pasar la noche, un lugar que años atrás era el puesto del vigía. Sobre el puente se abría una mirilla y otras sobre el patio. En un rincón podía verse algo que semejaba el orificio de un pozo, un conducto a un túnel.

–Usted me ha dicho, señor barón, que este pozo era la única entrada a los subterráneos, y que siempre ha estado tapada, ¿verdad?

–Sí.

–Entonces, a menos que exista otra salida desconocida para todos, excepto para Arsène Lupin, podemos estar tranquilos.

Alineó tres sillas, se tendió cómodamente sobre ellas, encendió su pipa y suspiró.

–Verdaderamente, señor barón, me avergüenza aceptar el dinero que me ofrece por algo tan simple como pasar la noche aquí. Le contaré esta historia al amigo Lupin y reventará de risa.

Pero el barón no reía. Escuchaba con atención pero solo oía el silencio de la noche y el latido de su corazón, agitado por la ansiedad. De cuando en cuando se inclinaba sobre el pozo e intentaba espiar en la oscuridad de su interior. Sonaron las once de la noche, luego las doce y la una.

De pronto agarró del brazo a Ganimard, que se despertó sobresaltado.

–¿No oyó?

–Sí.

–¿Qué es eso?

–Soy yo, estaba roncando.

–No, no es eso. Escuche…

–¡Ah! Si, es la bocina de un automóvil.

–¿Y entonces?

–Pues… es poco probable que Lupin use un automóvil como bola de demolición para derribar su castillo. Vamos, barón, tranquilícese, duerma un poco… tal como yo voy a hacer ahora. Buenas noches.

Esa fue la única alarma. Ganimard pudo así reanudar su interrumpido sueño, y el barón no escuchó otra cosa que sus ronquidos el resto de la noche.

Al amanecer salieron de la habitación del vigía. Una paz grande y serena, la paz de la mañana, envolvía al castillo. Subieron la escalera:

–¿Qué le había dicho, señor barón? No debí haber aceptado... Me siento avergonzado.

Tomó las llaves y entró en la galería. Sobre dos sillas, encorvados, con los brazos colgantes, los dos agentes dormían.

–¡Diablos! –gruñó el inspector.

En el mismo instante, el barón lanzaba un grito.

–¡Los cuadros!... ¡El aparador!...

Balbuceaba sofocado y con la mano extendida hacia los lugares vacíos, hacia los muros desnudos, donde resaltaban los clavos de colgar los cuadros y donde pendían unas cuerdas ahora inútiles. ¡El Watteau había desaparecido! ¡Los Rubens habían sido quitados de ahí! Los tapices habían sido llevados, las vitrinas vaciadas de sus joyas...

–Y mis candelabros Luis XVI y el candelabro del Regente, mi Virgen del siglo doce...

Corría de un lugar a otro desesperadamente. Recordaba los precios que había pagado por cada una de esas obras y objetos, sumaba las pérdidas, cayendo en un torbellino de locura, balbuceando palabras que apenas se distinguían. Tropezaba, se estremecía y se convulsionaba, embriagado por la ira y el dolor. Parecía un hombre arruinado a quien no le queda más que hacer que volarse la tapa de los sesos.

Si algo podía consolarle, sin duda sería el ver la cara de estupefacción de Ganimard. Al contrario del barón, el detective no se movía. Parecía estar petrificado, y con la mirada examinaba el espacio. ¿Las ventanas? Cerradas. ¿Las cerraduras de las puertas? Intactas. Ningún agujero en el techo. Ninguna brecha en el piso. El robo se había llevado a cabo metódicamente, conforme a un plan inexorable y lógico.

–Arsène Lupin… Arsène Lupin… –murmuraba como hundido.

De pronto saltó sobre los dos agentes, como si lo impulsara la ira, y los sacudió furiosamente. No se despertaron.

–¡Diablos! –exclamó–. ¿Cómo puede ser posible…?

Se inclinó sobre ellos y los observó con mucha atención: dormían, pero con un sueño que no tenía nada de natural.

Le dijo al barón:

–Los han drogado.

–Pero ¿quién?

–¿Cómo que quién? Fue él… o su banda, pero dirigida por él. Este ataque tiene su firma, su estilo.

–En ese caso, estoy perdido. No hay nada que hacer.

–Nada.

–Pero esto es barbárico, es monstruoso.

–Presente una denuncia.

–¿Y de qué servirá eso?

–Diablos, haga el intento. La justicia tiene recursos.

–¡La justicia! Pero usted representa a la justicia y, en este momento, podría estar ya buscando un indicio, descubriendo alguna cosa, ¡y ni siquiera se mueve!

–¡Descubrir algo con Arsène Lupin! Pero, ¡querido señor, Arsène Lupin jamás deja nada detrás! No deja nada librado al azar. A veces me pregunto si no habrá sido por su voluntad que se hizo detener por mí en Estados Unidos.

–Entonces, ¿me dice que debo renunciar a mis cuadros, a todo? Pero si lo que él me ha robado son las gemas de mi colección. Yo daría una fortuna por recobrarlas. Si nada se puede hacer contra él, entonces que diga el precio.

Ganimard le observó fijamente.

–Esas son palabras sensatas. ¿Está usted seguro de que no se retractará?

–No, no. Pero ¿por qué?

–Es una idea que se me ha ocurrido.

–¿Qué idea?

–Ya volveremos a hablar de eso si la investigación oficial no da resultado. Solamente que no diga usted una sola palabra sobre mí, si usted pretende que yo lo asista en esto.

Y luego añadió entre dientes:

–La verdad es que no es nada de lo que me gustaría presumir.

Los dos agentes recobraban poco a poco el conocimiento, con ese aire atontado de quien sale de un sueño hipnótico. Abrían los ojos asombrados mientras trataban de comprender. Cuando Ganimard los interrogó, no se acordaban de nada.

–Pero, debieron ver a alguien. ¿No?

–No.

–¿Recuerdan algo?

–No, no.

–¿Y dicen que no han bebido nada?

Reflexionaron, y uno de ellos respondió:

–Sí, yo he bebido un poco de agua.

–¿Agua de esta botella?

–Sí.

–Y yo también –declaró el segundo.

Ganimard observó el agua y la probó. No tenía ningún gusto especial, ningún olor.

–Vamos– dijo después–, estamos perdiendo nuestro tiempo. Uno no resuelve un caso de Arsène Lupin en cinco minutos. Juro que lo atraparé otra vez.

Ese mismo día, el barón de Cahorn presentó una denuncia por robo contra Arsène Lupin, quien se encontraba detenido en la prisión de Santé.

El barón lamentó la denuncia poco después, cuando vio el castillo de Malaquis invadido por los gendarmes, el fiscal, el juez de instrucción, los periodistas, fotógrafos y un sinnúmero de curiosos.

El acontecimiento intrigaba a la opinión pública, pues, además de haberse llevado a cabo en circunstancias muy particulares, el nombre de Arsène Lupin excitaba a tal punto la imaginación, que las historias más fantásticas llenaban las columnas de los periódicos y eran aceptadas como verdaderas por el público.

Pero la carta de Arsène Lupin que se publicó en el *Echo de France*... (nadie supo jamás quién le había comunicado el texto al periódico), esa carta en que el barón era audazmente prevenido del robo causó una gran emoción. Inmediatamente se plantearon explicaciones fabulosas y se recordó la existencia de los famosos subterráneos en el castillo. Y la Policía, influida por ello, impulsó sus investigaciones por ese camino.

El castillo fue registrado de arriba abajo. Se estudiaron las ventanas, las chimeneas, los marcos de los espejos y las vigas de los techos. A la luz de las antorchas se examinaron las bodegas donde los antiguos señores del Malaquis almacenaban sus municiones y sus provisiones. Se examinaron todas las rocas del castillo pero todo fue en vano. No se halló rastro alguno del supuesto subterráneo. No existía ningún pasadizo secreto.

El público seguía insistiendo que, sin duda, los cuadros, tapices y muebles no podían haberse desvanecido, no podía ser obra de fantasmas. Tuvieron que haber sido llevadas a través de puertas y ventanas, y las personas que se apoderaron de ellos entraron y salieron del castillo igualmente por puertas o ventanas. ¿Quiénes fueron esas personas? ¿Cómo penetraron en el castillo? ¿Y cómo salieron de él?

La Policía de Ruan, convencida de su propia impotencia, solicitó la ayuda de los agentes de París. El señor Dudouis, jefe de Seguridad, envió a sus mejores sabuesos de la brigada de hierro. Y él mismo, en persona, permaneció cuarenta y ocho horas en el castillo de Malaquis, pero no tuvo mayor éxito. Fue entonces cuando envió al inspector Ganimard, cuyos servicios habían alcanzado el éxito cuando tantos otros habían fallado.

Ganimard escuchó con atención las instrucciones de su superior, y luego, inclinando la cabeza, pronunció estas palabras:

—Yo creo que se sigue un camino falso obstinándose en registrar el castillo. La solución está en otro lugar.

—¿Y dónde, entonces?

—En Arsène Lupin.

—¡En Arsène Lupin! Suponer eso implica admitir su participación en el robo.

—Yo la admito. Y más aún: yo la considero un hecho.

—Vamos, Ganimard, eso es absurdo. Arsène Lupin está en la cárcel.

—Sí. Arsène Lupin está en la cárcel. Está vigilado. Pero aunque tuviera grilletes en los pies, las muñecas atadas y una mordaza en la boca, a pesar de eso yo no cambiaría de opinión.

—¿Y por qué esa obstinación?

—Porque solamente Arsène Lupin es un ladrón del calibre suficiente para llevar a cabo un golpe como este, y tener éxito.

—Eso son sólo palabras, Ganimard.

—Pero palabras verdaderas. Es inútil andar buscando subterráneos, piedras que giran sobre ejes y tonterías de ese estilo. Este individuo no empleó procedimientos tan anticuados. Se trata de un hombre de nuestro tiempo, moderno.

—Entonces, ¿Cómo sugiere proceder?

—Requiero de su autorización para pasar una hora con él.

—¿En su celda?

—Sí. Al regreso de Estados Unidos, durante el viaje hemos mantenido buenas conversaciones y me atrevo a decir que siente cierta simpatía por quien logró detenerle. Lo suficiente como para, sin comprometerse, evitarme un esfuerzo inútil.

Era un poco después del mediodía cuando Ganimard fue llevado a la celda de Arsène Lupin. Este, tendido sobre su lecho, alzó la cabeza y lanzó un grito de alegría.

—¡Ah! Esto es una verdadera sorpresa. ¡Ver aquí a mi querido Ganimard!

—El mismo.

—En mi retiro he deseado muchas cosas, pero ninguna tanto como recibirte aquí.

—Eres demasiado amable.

—No, en absoluto. Yo siento una gran estimación por ti.

—Y yo me siento orgulloso de ello.

—Por mi parte, siempre he creído esto: Ganimard es nuestro mejor detective. Vale casi tanto, ya ves que soy honesto, vale casi tanto como Sherlock Holmes. Pero, en verdad, me siento desolado de no poder ofrecerte más que este banquillo. Y ni siquiera te puedo obsequiar con un refresco ni un vaso de cerveza. Perdóname, pero estoy aquí de paso.

Ganimard se sentó, sonriendo, y el prisionero reanudó la conversación diciendo:

—¡Dios mío! ¡Qué contento estoy de ver la cara de un hombre honrado! Ya estoy cansado de todos estos rostros de espías y soplones que pasan diez veces al día a revisar mis bolsillos y mi celda, para asegurarse de que no preparo una fuga. Diablos, el Gobierno me tiene entre ceja y ceja…

—Y tiene razón.

–Para nada. Yo me sentiría feliz si simplemente me dejaran vivir en mi pequeño agujero.

–Con las rentas de los demás.

–¿No sería una vida sencilla? Pero estoy hablando demasiado, no digo más que tonterías y seguramente tú tienes prisa. Vamos al grano, Ganimard. ¿Qué te trae por aquí?

–El Cahorn –declaró Ganimard sin ambages.

–¡Ah! Un momento. Es que yo he tenido tantos casos y tú quieres que encuentre inmediatamente en mi cerebro el expediente del caso Cahorn… ¡Ah!, sí, ya lo recuerdo. Caso Cahorn, castillo de Malaquis, Sena inferior… Dos Rubens, un Watteau y algunas otras pequeñeces.

–¡Pequeñeces!

–Sí, todo eso es de poca importancia. Hay cosas superiores, pero el hecho de que el asunto te interese… Habla, Ganimard.

–¿Tendré que explicarte el estado de la investigación?

–No hace falta. Ya he leído los periódicos de esta mañana. Incluso me permitiré decirte que no estás avanzando lo bastante de prisa.

–Esa es precisamente la razón por la cual he venido a verte.

–Estoy enteramente a tus órdenes.

–En primer lugar, ¿Eres tú realmente quien orquestó el robo?

–Sin duda.

–¿La carta de aviso? ¿El telegrama?

–Son de tu servidor. Es más, debo tener los recibos por aquí en alguna parte.

Arsène abrió un cajón de una mesita de madera blanca que constituía, con el catre y la banqueta, todo el mobiliario de la celda, tomó dos hojas de papel y se los ofreció a Ganimard.

–¡Vaya! –gritó Ganimard–. Yo te creía completamente vigilado y, sin embargo, lees los periódicos y hasta guardas recibos del correo…

–¡Bah! ¡Esta gente es tan tonta! Descosen los forros de mis ropas, inspeccionan las suelas de mis zapatos, exploran los muros de la celda, pero a ninguno de ellos se le ocurriría que Arsène Lupin es lo suficientemente ingenuo para elegir un escondite tan inocente.

Ganimard, entre risas, exclamó:

–¡Qué muchacho tan interesante eres! Me desconciertas. Vamos, cuéntame sobre el robo.

–¡Oh, oh! No tan rápido. ¿Cómo crees que voy a revelarte mis secretos? Eso es algo serio.

–Entonces, ¿me habré equivocado al contar con tu complacencia?

–No, Ganimard, y ya que insistes…

Arsène Lupin recorrió con sus pasos dos o tres veces la estancia y luego se detuvo frente a Ganimard, y dijo:

–¿Qué opinas tú de mi carta al barón?

–Opino que has querido divertirte entreteniendo un poco al público.

–¡Ah! Entretener al público. Pues bien: te aseguro, Ganimard, que te creía más ducho. ¿Cómo puedo yo, Arsène Lupin, entretenerme en esas frivolidades? ¿Acaso habría escrito esa carta si hubiera podido desvalijar al barón sin escribirle? ¡Caramba! Comprende, tú y todos los demás, que esa carta fue el punto de partida indispensable, el recurso que puso en movimiento toda la maquinaria. Veamos, procedamos por orden y, si así lo estimas, preparemos los dos juntos el robo del Malaquis.

–Te escucho.

–Entonces, supongamos un castillo rigurosamente cerrado, atrincherado, como lo estaba el castillo del barón de Cahorn. ¿Debería renunciar a esos tesoros que anhelo poseer, por el simple hecho de que el castillo en donde se guardan es inaccesible?

—Evidentemente, no.

—¿Debería entrar por la fuerza, como se hacía en la antigüedad, a la cabeza de una banda de mercenarios?

—Eso sería una estupidez.

—¿Podría entrar en el castillo a hurtadillas?

—Imposible.

—No queda, entonces, más que un medio. El propietario del castillo deberá ser quien me invite.

—El medio es, sin duda, original.

—¡Y qué fácil! Supongamos que un día dicho propietario recibe una carta advirtiéndole de lo que trama contra él un tal Arsène Lupin, famoso ladrón. ¿Qué hará él?

—Enviará la carta al fiscal...

—El cual se burlará de él, puesto que el referido Lupin se encuentra actualmente encerrado tras las rejas. Entonces, el buen hombre enloquece y se siente dispuesto a pedir auxilio al primero que se le presente. ¿No es verdad?

—Eso queda fuera de duda.

—¿Y si llegara a leer en el diario local que un célebre policía se encuentra de vacaciones en la localidad vecina?

—Entonces acudirá a ese policía.

—Por supuesto. Pero, por otra parte, digamos que, previendo esa acción, Arsène Lupin le ha solicitado a uno de sus amigos que se instale en Caudebec y se ponga en contacto con un redactor del periódico Réveil, periódico al cual el barón está suscrito, y le dé a entender a ese redactor que él es ese célebre policía. ¿Qué ocurrirá entonces?

—Que el redactor anunciará en el Réveil la presencia en Caudebec del mencionado policía.

—Perfecto. Y ocurrirá una de estas dos cosas: o bien el pez (quiero decir Cahorn) no morderá el anzuelo y entonces no sucederá nada, o bien, y esta es la hipótesis más verídica, correrá a ver al policía. Y he ahí entonces al barón Cahorn rogando por la ayuda de uno de mis amigos.

—Esto resulta cada vez más interesante, original sin duda.

—Bien, digamos que el supuesto policía se rehusara en un principio a ayudarlo. Luego, llega un nuevo telegrama de Arsène Lupin, que causa que el barón corra asustado a suplicar de nuevo a mi amigo y le ofrezca cierta suma considerable para que vigile el castillo por su seguridad. Mi amigo acepta y trae consigo a dos hombres de nuestra banda quienes, por la noche, mientras Cahorn está bajo la vigilancia de los ojos de su protector, desvalijan el castillo, sacando las piezas por la ventana con la ayuda de cuerdas dentro de un sistema de poleas. Es todo tan sencillo como el propio Arsène Lupin.

—¡Maravilloso! —exclamó Ganimard—. La audacia de la concepción y el ingenio de los detalles... Simplemente maravilloso. Pero lo que no veo es cómo un policía sería lo bastante ilustre para que su nombre atrajera al barón hasta ese punto de vulnerabilidad.

—Hay un nombre que lo haría, y solo uno.

—¿Quién?

—El enemigo personal de Arsène Lupin. El más ilustre de todos, el inspector Ganimard.

—¿Yo?

—Tú mismo, Ganimard. Y, de verdad, es muy gracioso. Si tú vas allá y el barón se decide a hablar, acabarás por descubrir que tu deber te dicta detenerte a ti mismo, como me detuviste a mí en Estados Unidos. ¡Vaya! Mi revancha resulta cómica: hacer que Ganimard sea detenido por el propio Ganimard.

Arsène Lupin reía a carcajadas. El inspector, bastante molesto, se mordía los labios. La broma no le parecía graciosa, en lo más mínimo. La llegada de un guardia de la prisión le dio ocasión de recobrar la compostura. El guardia traía la comida que Arsène Lupin, por concesión especial, hacía que le sirvieran de un restaurante cercano. Una vez que depositó la bandeja sobre la mesa, el guardia se retiró. Arsène partió el pan, comió un par de bocados y dijo:

—Pero estate tranquilo, mi querido Ganimard; tú no irás allá. Voy a revelarte una cosa que te dejará estupefacto: el caso Cahorn está a punto de resolverse.

—¿Qué dices? Recién vengo de ver al jefe de Seguridad.

—A punto de resolverse, te he dicho. ¿Es que acaso el señor Dudouis sabe más sobre lo que me concierne que yo mismo? Sabrás que Ganimard... perdón, que el falso Ganimard ha quedado en excelentes términos con el barón. Y este le ha encargado la misión de negociar una transacción conmigo, y a esta hora, a cambio de una suma considerable, es probable que el barón ya haya entrado de nuevo en posesión de sus queridos tesoros. Es seguro decir que una vez que los reciba, si es que no los ha recibido, retirará su denuncia. Por consiguiente, ya no hay robo. Y las autoridades tendrán entonces que abandonar el caso.

Ganimard observó al detenido con aire estupefacto.

—¿Y cómo sabes tú todo eso?

—Acabo de recibir el telegrama que estaba esperando.

—¿Acabas de recibir un telegrama?

—Hace un instante. Por cortesía no he querido leerlo en tu presencia, pero si tú me lo permites...

—Te estás burlando de mí, Lupin.

—Hazme el favor, mi querido amigo, de romper este huevo pasado por agua. Comprobarás entonces por ti mismo que no me burlo de ti.

Mecánicamente, Ganimard obedeció y rompió el huevo con la hoja de un cuchillo. Lanzó un grito de sorpresa. La cáscara estaba vacía, sin más que un papel azul en su interior.

A pedido de Arsène Lupin lo desplegó. Era un telegrama o, mejor dicho, una parte de un telegrama, del cual habían sido removidas las indicaciones del telégrafo. Leyó:

"Transacción concluida. Entregadas cien mil balas.
Todo bien".

—¿Cien mil balas?

—Sí, cien mil francos. Es poco; pero, en fin, los tiempos están malos... Y yo tengo unos gastos fijos tan grandes... Si tú supieras a cuánto asciende mi presupuesto... Es el costo de vivir en una gran ciudad.

Ganimard se levantó. Su mal humor se había evaporado. Reflexionó unos momentos, y contempló todo el asunto, como intentando descubrir algún punto débil en él. Después, con un tono que dejaba traslucir su admiración hacia el prisionero, exclamó:

—Por suerte no existen docenas de hombres como tú, pues, de ser así, la Policía no tendría más remedio que cerrar.

Arsène Lupin adoptó un aire un tanto modesto, y respondió:

—¡Bah! Un hombre debe entretenerse con algo, sobre todo encontrándose en prisión.

—¿Cómo? —exclamó Ganimard— ¿Tu juicio, tu defensa, la instrucción del sumario, todo eso no entretiene lo suficiente?

—No, puesto que he decidido no asistir a mi juicio.

—¡Oh, oh!

Arsène Lupin replicó con calma:

—No asistiré a mi proceso.

—¿En serio?

—Mi querido amigo, ¿te imaginas, acaso, que voy a pudrirme en esta celda? Me insultas. Arsène Lupin no permanece en la cárcel más que el tiempo que le plazca, y ni un minuto más.

—Hubiera sido más prudente el haber empezado por no entrar en ella —dijo el inspector con tono irónico.

—¡Ah! ¿El señor se burla? ¿No recuerda el señor que ha tenido el honor de ser quien me detuvo? Sepa usted, mi respetable amigo, que nadie, ni tú ni ningún otro, hubiera podido echarme la mano encima si un interés muy superior, mucho más importante que todo, no me hubiera atraído en ese momento crítico.

—Me sorprendes.

—Una mujer me estaba mirando, Ganimard, y yo amaba a esa mujer. ¿Comprendes, acaso, lo que eso significa? ¿Lo que hay en ese hecho de ser mirado por una mujer a la que se ama? El resto me importaba poco, te lo juro. Y eso es por lo que me encuentro aquí.

—Permíteme observar que has estado aquí un largo tiempo.

—Primero intenté olvidar. No te rías. La aventura había sido encantadora y guardo todavía un tierno recuerdo de todo eso… Y, además, me siento un tanto perturbado. La vida es tan febril en nuestros días… En ciertos momentos es preciso saber hacer reposo. Este lugar es magnífico para un régimen de ese género. Se practica la cura de la Santé con gran rigor.

—Arsène Lupin —observó Ganimard—: no eres un hombre malo.

—Gracias —dijo Lupin—. Ganimard, hoy estamos a viernes. El miércoles próximo iré a fumar puro a tu casa, en la calle de Pergolése, a las cuatro de la tarde.

—Arsène Lupin, te estaré esperando.

Se estrecharon la mano como dos viejos amigos que se estiman en su justo valor, y el viejo policía se dirigió hacia la puerta.

—¡Ganimard!

Este se volvió.

–¿Qué ocurre? –dijo.

–Ganimard, olvidas tu reloj.

–¿Mi reloj?

–Sí, se perdió en mi bolsillo.

Se lo devolvió, presentando sus excusas:

–Perdóname..., es una mala costumbre que tengo... No es razón suficiente el que ellos me hayan quitado el mío para que yo te prive a ti del tuyo. Además, tengo aquí un cronómetro que satisface mis necesidades.

Sacó del cajón un extravagante reloj de oro acompañado de una pesada cadena del mismo metal.

–¿Y éste de qué bolsillo procede? –preguntó Ganimard.

Arsène Lupin examinó las iniciales gravadas en el reloj.

–J. B... ¿De quién diablos puede ser?... ¡Ah, sí! Ya lo recuerdo. Es de Julio Bouvier, mi juez de instrucción. Un hombre encantador.

La fuga de Arsène Lupin

Arsène Lupin acababa de terminar su comida y sacar de su bolsillo un espléndido puro con un anillo dorado; estaba examinándolo con cuidado, cuando se abrió la puerta de la celda. Apenas tuvo tiempo para guardar el puro en el cajón y alejarse de la mesa. El guardia entró. Era la hora de ejercicio para los presos.

–Ya te esperaba, mi querido amigo –exclamó Lupin, siempre de buen humor.

Salieron juntos. Apenas habían desaparecido por la esquina del pasillo cuando dos hombres entraron en la celda y comenzaron a inspeccionarla minuciosamente. Uno era el inspector Dieuzy y el otro el inspector Folenfant. Pretendían encontrar pruebas de que Lupin mantenía comunicaciones con sus cómplices fuera de la prisión. La noche anterior, el *Grand Journal* había publicado esta carta, dirigida a su redactor de cortes:

"Señor:

En un artículo publicado hace algunos días, usted se ha referido a mí en términos que nada podría justificar. Unos días antes de la iniciación de mi juicio, yo iré a exigirle que tome responsabilidad por ello.

Saludos cordiales, Arsène Lupin".

La caligrafía indicaba que era, efectivamente, una carta de Arsène Lupin. Por consiguiente, él enviaba cartas. Y si las enviaba, era lógico suponer que también las recibía. Evidentemente, Lupin tramaba su escape de prisión, anunciado por él en forma tan arrogante en esa carta al reportero.

La situación se tornaba intolerable. Actuando de acuerdo a las indicaciones del juez, el jefe de Seguridad, señor Dudouis, acudió en persona a la prisión de la Santé para indicarle al director de la misma las medidas que se debían adoptar para asegurarse de mantener a Arsène Lupin seguro, en prisión. Fue en ese momento en el que se les indicó a los hombres registrar la celda del prisionero.

Los dos inspectores levantaron todas y cada una de las losas del piso, desarmaron la cama, siguieron todos los pasos indicados para estos casos, y cuando acabaron no habían descubierto nada. Iban a darse por vencidos y abandonar la investigación cuando el guardia se acercó precipitadamente a ellos y les dijo:

—El cajón… miren en el cajón de la mesa. Cuando entré me pareció que estaba cerrándolo.

Miraron, efectivamente, y Dieuzy exclamó:

—¡Ah! ¡Lo tenemos!

Folenfant lo detuvo.

–Un momento. El jefe querrá hacer el inventario.

–Este puro es muy lujoso...

–Deje el habano donde lo encontró y avisemos al jefe.

Dos minutos más tarde, el señor Dudouis se encontraba registrando el cajón. Ahí encontró primero un paquete de artículos de periódicos recortados de *Argus de la Presse*, que se referían a Arsène Lupin; luego, un paquete de tabaco, una pipa, papel llamado hoja de cebolla, y, por último, dos libros. El inspector leyó los títulos: uno de ellos era una edición inglesa de *El culto de los héroes*, de Carlyle, y el otro, un elzevir magnífico, con encuadernación moderna, titulado *Manual del epíteto*, traducción alemana publicada en Leyde en 1634. Después de examinarlos comprobó que todas las páginas estaban marcadas, subrayadas y anotadas. ¿Acaso se trataba un código encriptado de correspondencia, o eran sencillamente marcas hechas por un lector apasionado? Inspeccionó la bolsa de tabaco y la pipa. Luego, tomando el famoso cigarro puro con anillo de oro, exclamó:

–¡Válgame! Nuestro amigo fuma de los buenos: un Henry Clay.

Con el accionar mecánico de un fumador habitual se lo acercó al oído y lo hizo crujir entre sus dedos. Un gesto de sorpresa invadió su rostro. El puro se había aplastado bajo la presión de los dedos. Lo examinó con mayor atención y observó algo blanco entre las hojas de tabaco. Delicadamente, con ayuda de un alfiler, sacó un papel fino enrollado muy apretado, casi del tamaño de un escarbadientes. Era una nota. La desenvolvió y leyó estas palabras, escritas en caligrafía femenina:

"La cesta ha tomado el lugar de la otra. Ocho de diez están listas. Apoyando el pie derecho, la placa se mueve hacia abajo. De las doce a las dieciséis, todos los días esperará H–P. Pero, ¿dónde? Responde inmediatamente. Estate tranquilo, tu amiga vela por ti".

El señor Dudouis reflexionó un instante, y dijo:

—Esto está bastante claro, la cesta... las ocho casillas... De doce a dieciséis quiere decir de las doce del mediodía a las cuatro de la tarde.

—Pero, y ese H-P, ¿qué esperará?

—H-P, en este caso debe de significar automóvil. H–P son las iniciales de *horsepower*, que en lenguaje deportivo quiere decir los caballos de la potencia de un motor. ¿No es así? Un veinticuatro H–P es un automóvil de veinticuatro caballos.

Se levantó, y preguntó:

—¿El prisionero ha terminado su desayuno?

—Sí.

—Y puesto que no ha leído todavía este mensaje, según nos indica el estado del cigarro puro, podemos asumir que acababa de recibirlo.

—Pero, ¿cómo?

—En sus alimentos, en medio del, pan o de una papa tal vez.

—Imposible. Se le autorizó a hacer que le traigan sus comidas solamente para hacerle caer en esa trampa, y hasta ahora no hemos encontrado nada entre los alimentos.

—Esta tarde buscaremos la respuesta de Lupin. Por el momento manténganlo fuera de la celda. Voy a llevarle esto al señor juez de instrucción. Si él concuerda conmigo, haremos fotografiar inmediatamente esta carta, y dentro de una hora, podrán regresarla al cajón dentro de un cigarro de reemplazo. Es crucial que el detenido no sospeche nada.

No fue sin cierta curiosidad que el señor Dudouis regresó por la noche a la oficina de la Santé en compañía del inspector Dieuzy. En un rincón, sobre una hornalla, había tres platos vacíos apilados.

—¿Ya comió?

—Sí —respondió el guardia de la prisión.

—Dieuzy, haga el favor de cortar en trocitos muy delgados esas tiras de fideos y abrir ese trozo de pan... ¿Nada?

—No, jefe.

El señor Dudouis examinó los platos, el tenedor, la cuchara y, por último, el cuchillo. Era un cuchillo, con la hoja de punta redonda. Hizo girar a la izquierda el mango y luego hacia la derecha; el mango cedió y se desprendió de la hoja. El cuchillo era hueco y servía de estuche para una hoja de papel.

—Vaya —exclamó—, no es un truco muy inteligente para tratarse de un hombre como Arsène Lupin, pero no perdamos el tiempo. Usted, Dieuzy, vaya a registrar el restaurante.

Y luego leyó la nota:

"Yo confío en ti. H– P seguirá de lejos cada día. Yo iré detrás.

Au revoir, querida amiga".

—Por fin —dijo el señor Dudouis, frotándose las manos con satisfacción—, creo que el asunto va por buen camino. Un poco de estrategia de nuestra parte y la fuga tendrá el éxito suficiente para permitirnos capturar a los cómplices.

—¿Y si Arsène Lupin se le escurre entre los dedos? —preguntó el guardia.

—Emplearemos el número de hombres necesarios para asegurarnos de que eso no suceda. Si, no obstante, él demostrara ser demasiado astuto, créame usted, será peor para él. En cuanto a su banda de criminales, puesto que su jefe se niega a hablar, ya hablarán los otros.

Y, de hecho, Arsène Lupin no hablaba mucho. Desde hacía meses, el juez de instrucción, Jules Bouvier, se esforzaba en vano en hacerlo hablar. Los interrogatorios se limitaban a unas cuantas charlas poco interesantes entre el juez y el abogado Danval, uno de los líderes del Colegio de Abogados. De tanto en cuanto, por cortesía, Arsène Lupin se involucraba en el interrogatorio. Un día dijo:

—Sí, señor juez, estamos de acuerdo: el robo al Banco Crédit Lyonnais, el robo de la calle Babylone, la emisión de billetes de Banco falsos, el caso de las pólizas de seguros, los robos en los castillos de Armesnil, Gouret, Imblevain, Groseliers y Malaquis, todo eso fue obra mía.

—Entonces podría usted explicarme...

—Es inútil; yo lo confieso todo en bloque, todo y hasta diez veces más de lo que usted sabe.

Cansado de esas conversaciones infructíferas, el juez había suspendido tales interrogatorios, pero luego de esos dos mensajes interceptados decidió reanudarlos. Y, de esa forma, regularmente, al mediodía, Arsène Lupin era llevado de la Santé a la Dépôt, en una camioneta de la prisión, con otros detenidos. Regresaban a las tres o las cuatro de la tarde.

Una tarde, ese regreso se realizó en condiciones particularmente extrañas. Como los demás detenidos de la Santé todavía no habían sido interrogados, se decidió llevar primero de regreso a Arsène Lupin. Por consiguiente, aquel subió solo al coche:

Esos coches carcelarios, llamados vulgarmente *panniers à salade* —o cestas de ensalada— están divididos a lo largo por un pasillo central sobre el cual se abren diez casillas: cinco a cada lado. Cada una de esas casillas está dispuesta en tal forma que quien la ocupa debe permanecer sentado, y los cinco prisioneros no disponen más que de un lugar estrecho y se encuentran separados los unos de los otros por rejas paralelas. Un guardia al extremo de la línea vigila el pasillo.

Arsène fue introducido en la tercera celda en el lado derecho y el vehículo emprendió marcha. Tomó registro de cuando abandonaron la plaza del Horloge y cuando pasaron ante el Palacio de Justicia. Luego, al llegar al medio del puente de Saint-Michel, apoyó el pie derecho sobre la placa de hierro que cerraba su celda. Inmediatamente algo se desprendió y la placa de hierro cedió. Comprobó que se encontraba ahora entre las dos ruedas del vehículo.

Esperó mirando atentamente a su alrededor. El coche subió lentamente por el boulevard Saint-Michel. Al llegar a la esquina de la plaza Saint-Germain se detuvo. Un caballo se había caído de un camión. El tránsito estaba interrumpido, y muy pronto la calle se convirtió en un amontonamiento de autos y de colectivos. Arsène Lupin estiró el cuello para mirar por la ventana. Otro coche carcelario se hallaba estacionado junto al que ocupaba. Movió la placa en el suelo otro poco y puso el pie sobre uno de los radios de la rueda grande y saltó al suelo. Un cochero lo vio, se echó a reír y luego quiso avisar a los guardias, pero su voz se perdió entre el tumulto de vehículos que habían empezado a ponerse en marcha nuevamente. Además, Arsène Lupin ya estaba muy lejos de ahí.

Había avanzado algunos pasos corriendo, pero cuando subió a la vereda se dio vuelta y observó todo con la mirada perdida, parecía estar olfateando el viento como una persona que no sabe bien qué dirección tomar. Luego, con resolución, metió las manos en los bolsillos y con el aire despreocupado de un peatón que deambula por ahí, continuó subiendo el boulevard. Era un radiante y templado día de otoño. Los cafés estaban repletos. Se sentó en la terraza de uno de ellos. Pidió una cerveza y un paquete de cigarrillos. Vació el vaso de a poco, fumó tranquilamente un cigarrillo y luego encendió uno más. Por último, le pidió al camarero que llamase al gerente. Cuando el gerente se acercó, Arsène le dijo en una voz lo suficientemente alta para que pudiera ser oído por todos:

–Lo lamento mucho, señor; he olvidado mi billetera. Pero quizá el peso de mi nombre le sea a usted suficiente para otorgarme un crédito por algunos días: soy Arsène Lupin.

El gerente le miró creyendo que se trataba de alguna broma. Pero Arsène repitió:

–Lupin, detenido en la Santé y en estos momentos en situación de fugitivo. Me atrevo a decir que ese nombre le inspira absoluta confianza.

Y se alejó en medio de las risas y el gerente se quedó estupefacto, sin saber qué decir.

Caminó por la calle Soufflot y tomó la rue Saint-Jacques. Siguió el camino con calma, fumando cigarrillo tras cigarrillo y deteniéndose para mirar a través de las ventanas de los pequeños comercios. En el boulevard Port Royal se orientó y caminó derecho hacia la calle de la Santé. Las murallas de la prisión se elevaron pronto ante él. Después de pasar a lo largo de ellas llegó cerca del guardia que estaba de centinela, y, cubriéndose levemente la cara con el sombrero, le dijo:

–¿Es ésta la prisión de la Santé?

–Sí.

–Yo quisiera volver a mi celda. La camioneta me ha dejado en el camino y yo no quisiera abusar...

El guardia gruñó:

–Vamos, hombre, siga su camino y hágalo rápido.

–Perdóneme, pero mi camino es precisamente adentro de esa puerta. Y si usted le impide a Arsène Lupin entrar en la prisión, eso podría costarle caro, amigo mío.

—¡Arsène Lupin! ¿De qué diablos habla?

—Lamento no tener aquí ninguna tarjeta para ofrecerle — replicó Arsène, fingiendo que hurgaba en sus bolsillos.

El guardia le miró de pies a cabeza como asombrado. Luego, sin decir más, hizo sonar la campana. La puerta de hierro se entreabrió y Arsène entró. Algunos minutos después, el director de la prisión acudió, gesticulando y fingiendo una cólera violenta. Arsène sonrió y dijo:

—Vamos, señor director, no se la dé usted de inteligente conmigo. Tienen la precaución de traerme solo en el coche, se preparan una bonita obstrucción en el tránsito y se imaginan que voy a salir corriendo para ir a reunirme con mis amigos. ¡Muy bien! ¿Y los veinte agentes de seguridad que nos escoltaban a pie, en coche y en bicicleta? No me apetecía jugar ese juego, no hubiera salido vivo de todo eso. Dígame, señor director, ¿contaban con eso?

Se encogió de hombros, y añadió:

—Le ruego, señor director, que ya no se ocupen más de mí. El día que yo quiera escaparme no necesitaré de la asistencia de nadie para hacerlo.

Dos días después, el periódico *Echo de France*, que claramente se estaba convirtiendo en el monitor oficial de las hazañas de Arsène Lupin —se afirmaba que él mismo era uno de sus principales socios accionistas—, publicó los detalles más completos sobre esta tentativa de fuga. Todo había sido expuesto: el texto de las notas intercambiadas entre el detenido y su misteriosa amiga, los medios empleados para esa correspondencia, la complicidad de la Policía, el paseo por el boulevard Saint-Michel y el incidente del café de la calle de Soufflot. Se sabía que las investigaciones del inspector Dieuzy entre los camareros del restaurante no habían dado ningún resultado. El público también descubrió, a través de este hecho sorprendente, la infinita variedad de recursos con los que este hombre contaba: el coche carcelario en que le habían transportado era un coche diseñado especialmente para la ocasión, con el cual su banda había sustituido a uno de los seis vehículos habituales que componían el servicio de las cárceles.

El escape de prisión de Arsène Lupin era inminente, ya nadie lo dudaba. Él mismo la anunció, en términos categóricos, en una respuesta al juez Bouvier, al día siguiente del incidente. El juez rumiaba su fracaso, y Lupin, un tanto molesto, lo miró firmemente y le dijo:

—Escuche bien esto, señor, y créame, pues le doy mi palabra de honor: este intento de fuga fue simplemente un preliminar de mi gran plan de escape.

—No comprendo —dijo el juez.

—No es necesario que usted lo comprenda.

Y cuando el juez buscó reanudar el curso del interrogatorio, que apareció palabra por palabra en el *Echo de France*, Lupin, mostrando hartazgo en su tono, exclamó:

—¡Dios mío, Dios mío! ¿De qué sirve? Todas esas preguntas no tienen ninguna importancia.

—¿Cómo que ninguna importancia?

—Pues no, porque yo no estaré presente en mi juicio.

—¿Que usted no asistirá?

—No, es una decisión que ya he tomado. Nada me hará cambiar de opinión.

Semejante seguridad, combinada con las inexplicables indiscreciones diarias cometidas por Lupin, humillaban y desconcertaban a la justicia. Había en todo ello secretos que solamente Arsène Lupin conocía y cuya divulgación, en consecuencia, no podía provenir sino de él mismo. Pero ¿con qué objeto los revelaba? ¿Y cómo?

Arsène Lupin fue cambiado de celda. El juez cerró la instrucción de sumario y devolvió la causa a la oficina del acusador. No hubo más movimientos en el caso durante los siguientes dos meses. Arsène Lupin pasó ese tiempo tendido sobre su cama, con el rostro vuelto contra la pared. Ese cambio de celda parecía haberlo abatido. Se negó a recibir las visitas de su abogado. Apenas si intercambiaba algunas palabras banales con sus guardias.

Durante la quincena que precedió a su juicio, sin embargo, pareció recobrar su ánimo. Se quejaba de la falta de aire. En consecuencia, por las mañanas comenzaron a llevarlo al patio, muy temprano, escoltado por dos hombres.

La curiosidad del público no había pasado. Todos los días se esperaba la noticia de su fuga. Casi era deseada por el público, a quien tanto le agradaba este personaje con su labia, su alegría, su diversidad, su genio inventivo y el misterio que rodeaba su vida. La fuga de Arsène Lupin era un destino ineludible. Todas las mañanas el prefecto de Policía preguntaba a su secretario:

—¿No se ha fugado todavía?

—No, señor prefecto.

—Quizás mañana, entonces.

Y el día previo al juicio, un caballero se presentó en las oficinas del *Grand Journal*, preguntó por el redactor de tribunales, le arrojó su tarjeta de visita a la cara y se alejó rápidamente. Sobre la tarjeta figuraban escritas estas palabras: "Arsène Lupin cumple siempre sus promesas".

Fue bajo tales condiciones que se dio inicio al juicio. La asistencia del público fue extraordinaria. No había quien no quisiese ver al famoso Arsène Lupin y divertirse con la forma en que se burlaría del juez. Abogados y magistrados, reporteros y personas de todos los rubros, incluso artistas y mujeres elegantes, estaban presentes, apretujados en bancos de la Audiencia.

Era un día sombrío, oscuro y lluvioso. Había una luz muy tenue en la corte y los espectadores apenas pudieron ver al prisionero cuando los guardias lo trajeron a la sala. Sin embargo, su caminata lenta, la forma en que se dejó caer sobre el asiento, su inmovilidad, indiferencia y pasividad no fueron lo que el público esperaba ver. Varias veces su abogado –uno de los asistentes del famoso Danval– le habló al oído, pero Lupin negaba con la cabeza y permanecía en silencio.

El secretario del tribunal leyó el acta y luego el juez dijo:

–¡Acusado, Levántese! Diga su nombre completo, edad y profesión.

No habiendo recibido respuesta, repitió:

–Diga su nombre. Le he preguntado su nombre.

Una voz gruesa y cansada masculló:

–Baudru, Desiderio.

Se alzaron murmullos entre el público. Pero el juez continuó:

–¿Baudru, Desiderio? ¡Ah! Muy bien. Como es, aproximadamente, el octavo nombre que usted ofrece y que sin duda es tan imaginario como los demás, nosotros usaremos, si usted no tiene inconveniente, el de Arsène Lupin, bajo el cual se le conoce usualmente.

El juez consultó sus notas y prosiguió:

–Porque, a pesar de todas las investigaciones, ha sido imposible el reconstruir su pasado. Usted presenta un caso bastante original, pues no sabemos ni quién es, ni de dónde viene, ni dónde creció, y en resumen, nada de nada. Usted apareció repentinamente hace tres años, como Arsène Lupin, un extraño individuo de gran inteligencia y perversión, de inmoralidad y de generosidad. Los datos que tenemos sobre usted previos a esa época son conjeturas vagas. Es probable que el llamado Rostat, que trabajaba hace ocho años junto al ilusionista Dickson, no haya sido otro que Arsène Lupin. Es probable que el estudiante ruso que hace seis años asistía al laboratorio del doctor Altier, en el hospital Saint-Louis, y que a menudo sorprendió al maestro por el ingenio de sus hipótesis sobre la bacteriología y la audacia de sus experiencias en las enfermedades de la piel, no haya sido otro que Arsène Lupin. Y Arsène Lupin, probablemente, haya sido aquel profesor de jiu-jitsu, que introdujo este arte marcial japonesa al público parisino. También creemos que Arsène Lupin, fue el ciclista que ganó el Grand Prix, cobró los diez mil francos del premio y no volvió a aparecer jamás. Arsène Lupin puede haber sido aquel que salvó a tantas personas sacándolas por la pequeña ventana en el incendio del Bazar de la Caridad... mientras que les vaciaba los bolsillos cual carterista.

Y después de una pausa, el juez concluyó:

—Según parece, esta época fue una preparación minuciosa para la batalla que ha emprendido, desde entonces, contra la sociedad. Un aprendizaje metódico en el cual usted desarrolló al máximo su fuerza, su energía y sus habilidades. ¿Reconoce usted la exactitud de estos hechos?

Durante este discurso el prisionero había cambiado su postura varias veces, balanceándose de una pierna a la otra con su espalda redondeada y los brazos inertes. Bajo la luz, ya más viva, se observaron su extrema delgadez, sus mejillas hundidas, sus pómulos extrañamente prominentes, su rostro color terroso, salpicado con pequeñas manchas rojizas y encuadrado por una barba irregular y frondosa. La cárcel lo había envejecido y desmejorado considerablemente. No se reconocía en él ya la silueta elegante y el rostro jovial de los cuales los periódicos habían publicado tan a menudo el simpático retrato.

Hubiera uno creído que el procesado no había escuchado la pregunta que se le había dirigido. Le fue repetida dos veces más. Entonces alzó los ojos, pareció reflexionar y luego, haciendo un esfuerzo desesperado, murmuró:

—Baudru, Desiderio.

El presidente se echó a reír, y dijo:

—No entiendo la teoría en que se basa su sistema de defensa, Arsène Lupin. Si es que busca evadir los cargos haciendo el papel de imbécil, está en su derecho a intentarlo. Por lo que a mí respecta, yo proseguiré sin prestarle atención a sus idioteces.

Luego comenzó a narrar con lujo de detalle los robos, las estafas y los fraudes de los que se le acusaban a Lupin. A veces interrogaba al acusado, pero este se limitaba a gruñir, o permanecía en silencio. Comenzó entonces el desfile de testigos que ofrecieron sus testimonios. Hubo varios sin importancia, otros más serios, pero todos tenían como común denominador ser contradictorios con el testimonio anterior. Una desconcertante oscuridad envolvía el desarrollo del juicio hasta que el inspector Ganimard fue llamado a declarar y el interés se despertó de nuevo.

Desde el comienzo, las acciones del viejo policía causaron cierta sensación de extrañeza. Tenía un aire no temeroso –ya se había visto en situaciones bien graves–, pero inquieto, vacilante. Sin embargo, con las dos manos afianzadas en el estrado, relató los incidentes en que había estado involucrado: su persecución a través de Europa y su llegada a Estados Unidos. Se lo escuchaba con gran avidez, pues todos conocían las osadas aventuras del detective y el prisionero y les resultaban de gran interés. Pero hacia el final de su testimonio, habiendo hecho alusión a sus entrevistas con Arsène Lupin, en dos ocasiones se detuvo como si estuviera confundido, distraído. Era evidente que algo le daba vueltas en la cabeza pero no se atrevía a decirlo en voz alta. Entonces, el juez le dijo:

—Si se siente enfermo sería mejor dar por concluido su testimonio por ahora.

—No, no. Es solo que...

Se calló, miró con fijamente al acusado y luego dijo:

—Pido autorización para examinar al acusado más de cerca; hay algo misterioso en él que debo esclarecer.

Se acercó, lo observó más atentamente todavía, y luego de varios minutos regresó al estrado. Y desde ahí, con tono un tanto solemne, anunció:

—Señor juez, yo declaro bajo juramento que este hombre que está aquí presente no es Arsène Lupin.

Un enorme silencio cayó en la sala. El juez, sorprendido en un principio, exclamó:

—Pero ¿qué dice? ¡Eso es absurdo!

El inspector afirmó con tranquilidad:

—A primera vista uno puede dejarse convencer por un parecido que existe, en efecto, si mira con atención la nariz, la boca, el pelo, el color de la piel, concluirá lo mismo que yo: este no es Arsène Lupin. ¡Y ni hablar de los ojos! ¿Ha tenido en algún momento él esos ojos de alcohólico?

—Veamos, venga, explíquese usted. ¿Qué quiere decir? ¿Que estamos enjuiciando al hombre equivocado?

—En mi opinión, sí, es exactamente lo que sucede. Arsène Lupin encontró alguna manera de hacer que este pobre diablo tomara su lugar. A menos que se trate de un cómplice.

Esta dramática denuncia causó un alarido de gritos y risas entre el público. El juez dio orden de que se suspendiera la audiencia y que se reunieran con él el abogado de la corte, el director de la Santé y los guardias.

Al reanudarse la sesión, el señor Bouvier y el director de la prisión, en presencia del acusado, declararon que no existía entre aquel hombre y Arsène Lupin más que un vago parecido en los rasgos personales.

—Pero, entonces, ¿quién es este hombre? —exclamó el juez, ¿De dónde viene y cómo se encuentra en las manos de la justicia?

Llamaron entonces a los dos guardias de la Santé. En una sorprendente contradicción identificaron al detenido como Arsène Lupin.

El juez respiró.

Pero uno de los guardianes añadió:

—Sí, sí, creo que es él.

—¿Cómo que *cree* que es él?

—Bueno, es que yo apenas lo he visto. Me lo asignaban por la noche y desde hace dos meses ha permanecido con la cara vuelta hacia la pared.

—Pero ¿y antes de esos dos meses?

—Antes de eso no ocupaba la celda veinticuatro, estaba del otro lado de la prisión.

El director de la cárcel aclaró ese punto diciendo:

—Lo cambiamos de celda después de su intento de fuga.

—Pero usted, señor director, ¿lo ha visto durante esos dos meses?

—No he tenido ocasión de verlo… Se mantenía quieto y tranquilo.

—Y ese hombre de ahí, ¿no es el detenido que le fue entregado a usted?

—No.

—Entonces, ¿quién es?

—Yo no podría decirlo.

—Entonces nos encontramos ante un hombre que sustituyó a Arsène Lupin hace dos meses. ¿Cómo se explica usted eso?

—Me parece imposible.

En un acto desesperado, el juez se volvió hacia el acusado y con voz conciliatoria le dijo:

—Acusado: ¿puede usted explicarme cómo y desde cuándo se encuentra usted en la prisión de la Santé?

El tono benevolente del juez era calculado, empleado para desarmar la desconfianza y estimular el entendimiento en el acusado. Trató de responder. Por último, tras un interrogatorio hábil y sutil, logró reunir y pronunciar algunas frases de las que resultaba principalmente esta historia: dos meses atrás había sido llevado a la prisión central de París. Había sido interrogado y luego liberado. Pero cuando atravesaba el patio de la prisión, dos guardias lo apresaron y lo introdujeron en un coche carcelario. Desde entonces había estado viviendo en la celda 24 de la prisión de Santé, donde se sentía satisfecho. Le daban de comer bien, dormía bastante bien… Así que no había protestado.

Todo eso parecía plausible y debido a las risas y la excitación general de la sala, el juez aplazó la sesión a fin de realizar una investigación que pudiera verificar la historia.

Inmediatamente, una exploración de los registros de la prisión dio por resultado el descubrimiento de los siguientes hechos: ocho semanas antes, un individuo llamado Baudru, Desiderio, había pasado la noche en la prisión central. Había sido liberado a la mañana siguiente, a las dos de la tarde. Pero ese mismo día, a las dos de la tarde, y después de ser interrogado por última vez, Arsène Lupin salía de la oficina de interrogatorios y volvía a la Santé en el coche carcelario.

¿Habían cometido un error los guardias? ¿Acaso, confundidos por el parecido en un momento de falta de atención, habían sustituido a su prisionero por este hombre?

Otra pregunta surgía, tácita, en la mente de todos ¿La sustitución había sido preparada por anticipado? Además de que la disposición de los lugares donde sucedió el intercambio hacía que todo resultara casi irrealizable, también hubiera sido necesario, en tal caso, que Baudru fuese cómplice y que se hubiera hecho detener con el preciso objeto de sustituir a Arsène Lupin. Pero, entonces, ¿por qué milagro el plan, fundado únicamente sobre una serie de posibilidades inverosímiles, de coincidencias fortuitas y de fabulosos errores, había podido tener éxito?

Desiderio Baudru fue derivado al servicio antropométrico: ninguna ficha de las existentes ahí correspondía a sus huellas. Sin embargo, su pasado fue reconstruido sin el menor problema. Se lo conocía en Courbevoie, en Asniéres y en Levallois. Solía vivir de limosnas y dormir en uno de esos refugios de vagabundos cerca de la barrera de Ternes, pero desde hacía un año no rondaba esos sitios.

¿Lo había contratado Arsène Lupin? No había evidencia que lo indicara. Y aunque ese hubiese sido el caso, aún quedaba por resolver el misterio de la fuga del prisionero. De las veinte hipótesis que surgieron para intentar explicar el hecho, ninguna resultaba satisfactoria. De lo que no había duda era de que había habido una fuga, una evasión incomprensible, sensacional, en la cual el público, al igual que los oficiales, notaban la existencia de un plan trazado con sumo cuidado, vinculando un conjunto de actos maravillosamente, cuya culminación justificaba la afirmación hecha por Arsène Lupin, "He decidido no asistir a mi juicio".

Al cabo de un mes de pacientes investigaciones, la incógnita continuaba sin respuesta. El pobre Baudru no podía quedarse en prisión indefinidamente y sería ridículo someterlo a juicio, puesto que no había cargos en su contra. Se dio la orden de ponerlo en libertad, pero el jefe de Seguridad resolvió mantenerlo bajo vigilancia activa. La idea fue originalmente de Ganimard. Según éste, no había ni complicidad ni casualidad en lo sucedido. Baudru era un simple instrumento que Arsène Lupin había utilizado con extraordinaria habilidad. Una vez que Baudru estuviese libre, los conduciría a Arsène Lupin o, cuando menos, hasta alguno de sus socios. Se nombró a los inspectores Folenfant y Dieuzy para auxiliar a Ganimard.

Una mañana de enero, cuando la niebla aún estaba densa, las puertas de la prisión se abrieron y Desiderio Baudru salió caminando de la Santé, como un hombre libre. Al principio parecía tambalear torpemente, caminando como quien no tiene mucha idea de a dónde ir ni qué hacer. Siguió por la calle de la Santé y tomó la calle Saint-Jacques. Se detuvo frente a una tienda de ropa usada, se quitó la campera y el chaleco, que vendió por unas pocas monedas de cobre y, volviendo a ponerse la campera, continuó su camino. Cruzó el Sena y llegó hasta el Châtelet, donde un ómnibus se detuvo delante de él. Quiso subirse, pero no había lugar. El cobrador le aconsejó que sacara un número para esperar su turno, así que entró en la sala de espera.

En ese momento, Ganimard llamó a sus dos ayudantes y, sin apartar su vista de las oficinas de los ómnibus, les dijo:

—Paren un coche. No, mejor dos, dos será mejor. Yo iré con uno de ustedes y lo seguiremos.

Los hombres obedecieron. Mientras tanto, Baudru no aparecía a la vista.

Ganimard se adelantó: no había nadie en la sala.

—Pero qué idiota soy —murmuró Ganimard—; me olvidé de que había otra salida.

La sala de espera se extendía hacia un pasillo que llevaba a la calle Saint-Martin. Ganimard se apresuró. Llegó justo a tiempo para ver a Baudru subir a un ómnibus de la línea Batignolles-Jardin des Plantes, que giró en la calle Rivoli. Corrió y alcanzó el ómnibus, pero los dos agentes se quedaron atrás. No quedaba otra alternativa, debía continuar con la persecución él solo. En su enojo, estuvo a punto de agarrar al hombre por el cuello. ¿No había sido un truco ingenioso y premeditado el que este supuesto imbécil había usado para separarlo de sus asistentes?

Observó a Baudru, que cabeceaba dormitando en su asiento con la boca ligeramente entreabierta. Su rostro pecoso tenía una expresión de estupidez increíble. No, aquel no era un adversario capaz de engañar al viejo Ganimard. Había sido solo un golpe de suerte.

En las Galerías Lafayette, el hombre saltó del ómnibus y subió rápidamente al tranvía de La Muette por el boulevard Haussmann rumbo a la avenida Víctor Hugo. Baudru bajó delante de la estación de La Muette y, caminando como si nada, se dirigió hacia el interior de bosque de Boulogne.

Deambuló por un camino y luego por otro, regresando de nuevo y volviendo a alejarse. ¿Qué buscaba? ¿Tenía algún plan? Después de una hora, parecía fatigado, exhausto de tanto caminar. Encontró un banco y se sentó en él. El sitio, ubicado cerca de Auteuil, al borde de un lago escondido entre los árboles, estaba absolutamente desierto. Pasó media hora y Ganimard comenzó a impacientarse, por lo que decidió entablar una conversación con el hombre. Se acercó y se sentó junto a Baudru, encendió un cigarrillo, trazó unas figuras sobre la arena con la punta de su bastón, y dijo:

—Qué clima placentero, ¿no?

Silencio. Y de pronto, el hombre estalló a carcajadas. Era una risa alegre, aniñada. Ganimard sintió que se ponía la piel de gallina. Esa risa, esa risa que él conocía tan bien…

Con un movimiento brusco agarró a aquel hombre por las solapas de la campera y lo miró intensamente, con violencia, con mayor atención de la que lo había mirado en el juicio. Se dio cuenta entonces de que ya no era el mismo Baudru. Era Baudru, pero al mismo tiempo veía al otro hombre, al verdadero, a Lupin. Mirando con atención encontró de nuevo la vida ardiente en sus ojos, la piel real bajo el relleno que ocultaba la delgadez de su rostro, la boca bajo ese maquillaje que tapaba sus rasgos. Eran los ojos de ese otro, la boca de ese otro, y era, sobre todo, su expresión pícara, burlona, tan clara y jovial.

—¡Arsène Lupin! ¡Arsène Lupin! —dijo, tartamudeando.

En un ataque incontrolable de ira, agarró a Lupin del cuello y lo sometió. A pesar de sus cincuenta años tenía una fuerza inusual, a diferencia de su adversario, que parecía encontrarse bastante débil. Sin embargo, la lucha fue breve. Arsène Lupin se defendió con un simple movimiento, e hizo que Ganimard lo soltara tan rápido como lo había capturado. El brazo derecho del detective colgaba inerte.

—Si hubieras tomado clases de jiu-jitsu en el muelle de los Orfebres —dijo Lupin—, sabrías que este golpe se llama udi-shi-ghi en japonés. Un segundo más y te hubiera roto el brazo, y hubiera sido merecido. ¿Cómo es posible que tú, un viejo amigo a quien respeto, y ante el cual aparto el velo de mi incógnito voluntariamente, abuses de mi confianza de un modo tan violento? Eso no está bien… Y bueno, ¿qué es lo que te trae aquí?

Ganimard permaneció en silencio. Esta fuga, de la cual ahora él se consideraba responsable —¿acaso no había sido él quien, con sensacional evidencia había testificado, induciendo a la justicia al error?–, esta evasión le parecía una mancha imborrable en su carrera profesional. Una lágrima rodó por su rostro hasta su bigote.

–Oh, por Dios, Ganimard, no te lo tomes a pecho; si tú no hubieras dicho nada, yo me las habría arreglado para que otro hablase. Vamos, no podía dejar que condenaran a Desiderio Baudru.

–Entonces, ¿eras tú el que estaba ahí?... ¿Y eres tú el que está aquí? –murmuró Ganimard.

–Yo, siempre yo, únicamente yo.

–¿Cómo puede ser posible?

–¡Oh! No hay necesidad de ser un brujo. Alcanza, como explicó el juez en mi juicio, con prepararse durante doce años en múltiples campos para equiparse de todas las herramientas que un hombre necesitará para afrontar los obstáculos de su vida.

–Pero, ¿tu rostro? ¿Tus ojos?

–Comprenderás muy bien que si yo trabajé dieciocho meses en Saint-Louis con el doctor Altier no fue por amor al arte. Pensé que quien un día tenga el honor de llamarse Arsène Lupin debía poder estar exento de cosas ordinarias como la apariencia y la identidad. ¿La apariencia? Pues esta se modifica a voluntad. Por ejemplo, una determinada inyección hipodérmica de parafina hincha la piel en el lugar escogido. El ácido pirogálico te transforma la piel simulando origen Indio. El jugo de la celidonia mayor, una amapola, te dará bellísimas erupciones y protuberancias. Hay otro químico que actúa sobre el crecimiento de tu barba y de tu pelo, y otro sobre el sonido de tu voz. A eso puedes sumarle dos meses de régimen alimenticio en la celda 24, unos ejercicios que repetí mil veces para gesticular sin dañar el maquillaje, para llevar mi cabeza con esta inclinación y adaptar mi postura para que mi espalda se arquee de esta forma. Por último, cinco gotas de atropina en los ojos para hacerlos ver cansados y desorientados.

—No entiendo como engañaste a los guardias.

—Los cambios fueron progresivos. La evolución fue tan gradual que casi no pudieron notarla.

—Pero, ¿y Baudru, Desiderio?

—Baudru existe. Es un pobre inocente a quien conocí el año pasado y que de verdad tiene cierto parecido conmigo. Considerando mi arresto como una posibilidad eventual, me encargué de Baudru y me ocupé de analizar los puntos en los que nuestro físico difería para poder corregirlos en mi persona cuando fuera necesario. Mis amigos le hicieron pasar una noche en la prisión central para que saliera más o menos a la misma hora que yo, una coincidencia fácil de organizar. Por supuesto, era necesario que haya un registro de su detención para que se volviera a encontrar la huella de su pasado, sin el cual la justicia hubiera indagado por otros medios sobre mi identidad. De modo que, presentándoles a este excelente Baudru, era inevitable, ¿entiendes?, inevitable que acepten como verdad su existencia y que, a pesar de las imposibilidades de una sustitución, prefiriesen creer en una sustitución, a confesar su propia ignorancia.

—Sí, sí, por supuesto— murmuró Ganimard.

—Y además —agregó Arsène Lupin—, yo tenía en mis manos la carta ganadora, tenía un público a la espera de mi fuga. Y ese fue el gran error en que ustedes cayeron, tú y los otros, en esta partida apasionante entre la justicia y yo, en la que se jugaba mi libertad: ustedes habían supuesto que yo actuaba por vanidad, que estaba embriagado por mis éxitos. ¿Cómo yo, Arsène Lupin, iba a ser víctima de semejante debilidad? Y no hace tanto, cuando sucedió el caso Cahorn, usted dijo "Cuando Arsène Lupin dice que se fugará, es que tiene razones para creerlo así". Pero, caray, comprende de una vez que para fugarme sin fugarme, era necesario que creyeran desde un principio en esa fuga, que el público tuviera fe en mi escape, una convicción absoluta, que fuese una verdad resplandeciente como el sol. Así que creé esa idea y la esparcí por todas partes, que Arsène Lupin se fugaría, que Arsène Lupin no asistiría a su juicio. Y cuando tú te levantaste durante tu testimonio para decir: "Ese hombre no es Arsène Lupin", todos estaban preparados para creerlo. Si una sola persona hubiese dudado, si una sola hubiese emitido un comentario de vacilación: "¿Supongamos que ese es, en efecto, Arsène Lupin?", en ese mismo instante yo habría estado perdido. Si alguien hubiese mirado mis rasgos con atención, sin tener en la cabeza la idea de que yo no era Arsène Lupin, como tú lo hiciste, tú y los demás, sino con la idea de que yo podría ser Arsène Lupin, entonces, a pesar de todas mis precauciones habría sido reconocido. Pero yo no tenía miedo. Lógicamente, psicológicamente, nadie podía siquiera sospecharlo.

Tomó la mano de Ganimard.

—Vamos, Ganimard, confiesa que el miércoles después de nuestra conversación en la prisión de la Santé me esperaste a las cuatro en tu casa, como yo te había pedido que lo hicieras.

—¿Y tu coche carcelario? —dijo Ganimard, evadiendo la pregunta.

—Fue todo falso. Mis amigos se hicieron de un coche viejo y quisieron hacer el intento, pero sabía que el vehículo era impráctico sin la ayuda de una serie de circunstancias excepcionales. Simplemente me pareció útil llevar a cabo ese falso intento de escape para darle mayor publicidad. Una primera fuga audazmente planeada, aunque no se hubiese completado, daría a la segunda el carácter de hecho ineludible simplemente por la anticipación del público.

—De modo que el puro...

—Perforado por mí, al igual que el cuchillo.

— ¿Y las notas?

—Escritas por mí.

—¿Y la misteriosa corresponsal?

—No existía. Todas las notas fueron escritas por mí.

Ganimard reflexionó un instante, y objetó:

—¿Cómo puede ser que en el servicio antropométrico, cuando tomaron la ficha de Baudru, no hayan notado que coincidía con la de Arsène Lupin?

—La ficha de Arsène Lupin no existe.

—¡Vamos!

—O, cuando menos, es falsa. Es un asunto al que le he dedicado mucha atención. En primer lugar, el sistema Bertillon lleva registro de las características visiblemente distinguibles del sujeto— y has comprobado que no son infalibles— y, en segundo lugar, registra las señales conforme a las medidas: medida de la cabeza, los dedos, las orejas, etcétera. Contra eso, por supuesto, hay muy poco que se pueda hacer.

—¿Y entonces? ¿Cómo lograste evadir los registros de medidas?

—Para eso fue necesario pagar. Antes de mi regreso de América, uno de los empleados del servicio aceptó cierta suma por inscribir medidas falsas en mi registro. Por lo tanto, la ficha de Baudru no coincide con la ficha de Arsène Lupin.

Se produjo un silencio, y luego Ganimard preguntó:

— ¿Y ahora? ¿Qué vas a hacer?

—Ahora —exclamó Lupin— voy a descansar, comer bien, beber como se debe y, poco a poco, recuperar mi estado físico. Está muy bien ser Baudru o cualquier otro, en ocasiones, y cambiar de personalidad como de camisa, escogiendo su apariencia, su voz, su mirada, su escritura. Pero llega un punto en el que uno no se reconoce a sí mismo luego de tantos cambios. Me siento como creo que se debió sentir aquel hombre que perdió su sombra. Va a sentirse bien volver a ser Arsène Lupin de nuevo.

Se paseó de arriba abajo por unos minutos. Se detuvo frente a Ganimard y dijo:

—No queda nada más que decir, creo yo.

—Sí. Me gustaría saber si tú revelarás la verdad sobre tu fuga… Sobre el error que yo he cometido.

—¡Oh! Nadie sabrá jamás que fue Arsène Lupin el que fue puesto en libertad el día de hoy. Tengo interés en mantener el misterio en torno a esta fuga para que mantenga su carácter de milagrosa. Así que no temas, mi querido amigo. No diré nada. Y por ahora, te digo adiós. Tengo planes para cenar fuera esta noche y tengo poco tiempo para vestirme.

—Y yo que creía que querías descansar.

—Por desgracia hay obligaciones sociales de las cuales uno no puede excusarse. El descanso comenzará mañana.

—Entonces, ¿adónde vas a cenar esta noche?

—A la Embajada de Inglaterra.

El viajero misterioso

La noche anterior, había enviado mi automóvil a Ruan por la autopista. Yo debía llegar a Ruan por ferrocarril para ir desde ahí a la casa de unos amigos que vivían a orillas del Sena.

En París, unos minutos antes de partir, siete caballeros se metieron en mi camarote; cinco de ellos estaban fumando. Por corto que sea el trayecto, la idea de viajar en tales condiciones me resultó desagradable, aún más considerando que el vagón era un modelo antiguo y no tenía pasillo. Así, pues, tomé mi abrigo, mis periódicos y mi cronograma de trenes y busqué refugio en el camarote siguiente.

El camarote estaba ocupado por una dama, que, al verme, hizo un gesto de disgusto —que no pasó desapercibido— y se inclinó hacia un hombre que se encontraba de pie en el estribo, asomado por la ventana, seguramente su marido, que sin duda la había acompañado a la estación. El caballero me observó con atención, y aparentemente pasé el examen al que se me sometió, porque le habló en una voz baja y tranquilizadora a su esposa sonriendo como quien intenta calmar a un niño con miedo. Ella le devolvió la sonrisa y me dirigió una mirada amistosa, como si ahora comprendiera que yo era caballero educado con el cual una mujer como ella podía permanecer encerrada dos horas en un pequeño cubículo de apenas un metro ochenta sin tener nada que temer.

El marido le dijo:

—Querida, tengo un compromiso importante y no puedo esperar más. Adiós.

La besó con cariño y se marchó. Su esposa le mandó besos por la ventana y sacudió su pañuelo en el aire despidiéndose. Se escuchó el silbido de la locomotora y el tren se puso en marcha.

En ese preciso momento, y a pesar de las protestas de guardas, se abrió la puerta de nuestro camarote y un hombre se metió abruptamente. Mi compañera, que se encontraba de pie, ordenando su equipaje en el estante superior, emitió un grito de terror y cayó sobre el asiento. Yo no soy ningún cobarde, pero confieso que esa irrupción de último minuto me desconcertó. Semejantes intrusiones suelen ser sospechosas y desagradables.

Sin embargo, el aspecto del recién llegado sutilmente alivianaba la mala impresión producida por su arribo tan precipitado. Presentaba un aire muy correcto y estaba vestido con elegancia. Llevaba una corbata de buen gusto, unos guantes refinados y su rostro… ¿Dónde había visto antes ese rostro? Tenía la sensación inconfundible en mi interior de haberlo visto antes, pero sentía que era inútil intentar recordarlo.

Luego, al fijar mi atención en la dama, quedé sorprendido por la palidez y el espanto que encontré en su rostro. Miraba al hombre, que se encontraba ahora sentado a su lado, con pánico, y noté que una de sus manos, temblorosa, se deslizaba lentamente hacia una bolsa de viaje colocada sobre el asiento, a 50 centímetros de ella. Tomó la bolsa y la atrajo hacia sí. Nuestros ojos se encontraron, y vi en su mirada tanta ansiedad y terror, que no pude evitar preguntarle:

—¿Se siente bien, señora? ¿Quiere que abra la ventana?

Sin responderme, señaló con un gesto al desconocido, el origen de su miedo. Yo sonreí de la misma forma en que lo había hecho su marido, me encogí de hombros y en una pantomima le expliqué que no había nada tenía que temer, que yo estaba ahí y que, además, el caballero parecía ser completamente inofensivo. En ese momento, el hombre se volvió hacia nosotros, observándonos de pies a cabeza, se acomodó en su rincón del asiento y ya no nos prestó más atención.

Después de un momento de silencio, la señora, como si hubiera juntado toda su energía para llevar a cabo un acto desesperado, me dijo con voz apenas perceptible.

—¿Sabe usted quién se encuentra en nuestro tren?

—¿Quién?

—Pues él…, él…, se lo aseguro.

—Pero ¿quién es él?

—¡Arsène Lupin!

Ella no apartaba los ojos de nuestro compañero de camarote, y era más bien a él a quien dirigía las sílabas de ese nombre inquietante. Él bajó el ala del sombrero sobre su rostro. ¿Lo hacía para ocultar su estupor o se preparaba para dormir? Yo le contesté:

—Arsène Lupin fue condenado ayer en desacato a veinte años de trabajo forzado. Por lo que es poco probable que cometa la imprudencia de salir en público el día de hoy. Además, ¿los periódicos no han señalado, acaso, su presencia en Turquía, después de su fuga de la Santé?

—Pero se encuentra en este tren en este momento —dijo la dama, con la clara intención de hacerse escuchar por nuestro compañero de camarote–. Mi marido es uno de los directores del servicio penitenciario, y fue el propio comisario de la estación quien nos dijo que estaban llevando a cabo una búsqueda y captura de Arsène Lupin.

–Pueden estar equivocados.

–No, fue visto en la sala de espera. Compró un billete de primera clase para Ruan.

–Entonces seguramente lo capturaron en la estación.

–A menos que haya saltado del tren que debía tomar a último momento y tomado otro, este, por ejemplo.

–En ese caso, se lo detendrá en este tren. Los empleados y los guardas seguro habrán notado ese cambio de un tren a otro, y cuando lleguemos a Ruan lo detendrán.

–¿A él? Jamás. Encontrará la forma de escaparse una vez más.

–En ese caso, le deseo buen viaje.

–Pero ¡piense en lo que podría hacer mientras tanto!

–¿Qué podría hacer?

–¿Qué se yo? Se puede esperar cualquier cosa de un hombre como él.

La señora estaba muy agitada y, hasta cierto punto, la situación justificaba ese nerviosismo. Me sentí obligado a decir:

–Es cierto que hay coincidencias extrañas, pero debe tranquilizarse. Aun si Arsène Lupin se encontrase en nuestro tren, no cometerá ninguna indiscreción. Estará demasiado concentrado en escapar de los problemas que lo persiguen.

Aunque mis palabras no la tranquilizaron, ya no dijo más nada. Yo abrí el periódico y leí los relatos del proceso de Arsène Lupin, pero como no contenían nada que no supiera, no me interesaron mucho. Además, me sentía cansado, había dormido mal. Se me cerraron los ojos y cabeceé.

—Pero, señor. No va usted a dormirse.

La señora me arrancó el periódico de la mano y me miró con indignación.

—Claramente no.

—Eso sería muy imprudente —dijo ella.

—Sí, sin duda —contesté.

Se estaba volviendo difícil mantenerme despierto, por lo que me puse a mirar el paisaje y las nubes por la ventana. Pero pronto todo se volvió difuso y la imagen de la señora asustada y, del caballero dormitando bajo su sombrero quedaron atrás, dando paso al profundo silencio del sueño. Se apoderaron de mí sueños inconsistentes, en los cuales un ser que llevaba el nombre y actuaba como Arsène Lupin ocupaba el lugar principal. Se me apareció, cargando un botín, saltando por las paredes y desvalijando castillos. Pero la silueta de aquel hombre, que ya no era Arsène Lupin, se hizo más clara. Avanzó hacia mí, se hacía cada vez más grande, entró de golpe en el camarote con una agilidad increíble y cayó de lleno sobre mi pecho.

Con un grito de dolor y terror, me desperté. El hombre, el viajero, con una rodilla en mi pecho, me tenía agarrado de la garganta con ambas manos.

Todo estaba borroso, tenía los ojos inyectados en sangre. Vi a la dama, en un ataque de pánico en un rincón del camarote. Intenté no resistirme, no hubiera tenido fuerzas para hacerlo aunque hubiera querido. Mis sienes parecían estallar, estaba al borde del estrangulamiento… Un minuto más y ese hubiera sido el final. El hombre debió darse cuenta de eso, porque aflojó sus manos, pero sin soltarme. Tomó una soga que tenía un nudo corredizo preparado y me ató las muñecas. En un instante quedé inmovilizado, amordazado e indefenso.

Realizó ese truco con una naturalidad y destreza que revelaban habilidad profesional, un criminal profesional. Ni una palabra, ni una vacilación. Sólo sangre fría y audacia. Y ahí estaba yo, tirado sobre el asiento, atado como una momia, yo… Arsène Lupin.

No era cosa de risa y, a pesar de la gravedad de las circunstancias, yo no dejaba de apreciar cuánto de irónico y de gracioso había en aquella situación. Arsène Lupin sometido como un novato. Desvalijado como un inocente… porque, entienda usted, aquel bandido me liberó de mi cartera y de mi billetera. Arsène Lupin, víctima, engañado, vencido… ¡Qué aventura!

La señora no se movió de su lugar. Él ni siquiera le prestó atención. Se conformó con hacerse del pequeño botín que había caído en el suelo, que contenía alhajas, un monedero y otras cosas de oro y plata. La dama abrió los ojos, temblando de miedo, se sacó los anillos que llevaba puestos y se los ofreció al bandido, como queriendo ahorrarle el trabajo. El individuo tomó las sortijas y la miró. Se desmayó.

Entonces, con tranquilidad, volvió a su asiento, encendió un cigarrillo y comenzó a examinar los tesoros que acababa de adquirir, examen que pareció satisfacerle.

Yo estaba bastante menos satisfecho que él. Y no hablo de los doce mil francos de los que indebidamente me había despojado: esa era una pérdida momentánea; estaba seguro de que los recuperaría en breve, así como los papeles de gran importancia que guardaba en mi cartera: proyectos, presupuestos, direcciones, listas de corresponsales y cartas comprometedoras. En ese momento, mi preocupación era mucho más inmediata: ¿cómo iba a acabar esta aventura?

Puede usted imaginar que el revuelo provocado por mi paso a través de la estación de Saint-Lazare no había escapado a mi atención. Estaba camino a casa de unos amigos a quienes frecuentaba bajo el nombre de Guillermo Berlat y para quienes mi parecido con Arsène Lupin constituía un motivo de bromas afectuosas, por lo que no me fue posible camuflar mis rasgos en esta ocasión, y por ello, mi presencia en la estación había sido advertida. Así que, como era esperable, el comisario de Policía de Ruan, avisado por telégrafo y ayudado por un apreciable número de agentes, se encontrarían en la estación cuando llegara el tren, interrogaría a los viajeros sospechosos y procedería a una inspección exhaustiva de los camarotes.

Por supuesto que yo había previsto todo eso, pero no me había importado demasiado, teniendo la certeza de que la Policía de Ruan no sería más inteligente que la de París y que yo sabría arreglármelas para pasar inadvertido. Para ello, ¿no me bastaría, mostrar a la salida, mi tarjeta de diputado, con aire de suficiencia? Tarjeta en la cual confiaba plenamente después de la revisión del guarda de Saint-Lazare. Pero la situación había cambiado radicalmente. Ya no estaba libre. Y me era imposible optar por uno de mis trucos habituales. En uno de los camarotes, el comisario encontraría al señor Arsène Lupin, atado de pies y manos, amordazado, dócil como un corderito, empaquetado y listo para ser despachado a una prisión. No le quedaba ya más que hacerse cargo del paquete, como quien recibe una canasta de frutas y verduras. Pero, ¿qué podía hacer yo, maniatado, para evitar un desenlace tan deshonroso? El tren avanzaba rápido hacia Ruan, la próxima y única estación.

Había otro problema, que me interesaba un poco menos, pero cuya solución despertaba mi curiosidad profesional: ¿cuáles eran las intenciones de mi compañero de oficio? Si yo fuera el único en el camarote, cuando el tren arribara a la estación, él podría alejarse sin más pero, ¿y la señora? Apenas se abriesen las puertas, esa dama, que en estos momentos se mantenía tan callada y humilde, empezaría a gritar pidiendo auxilio. De ahí mi asombro. ¿Por qué no la reducía a ella también a la misma impotencia en que me había dejado a mí? Eso le daría tiempo suficiente para desaparecer antes que nadie se diera cuenta de su doble fechoría.

El hombre aún fumaba, con la mirada fija en la ventana, que comenzaba a nublarse con las gotas de lluvia. Se giró y tomó mi cronograma de trenes y lo consultó.

La dama se esforzaba por mantenerse desvanecida, para engañar al enemigo, pero una tos provocada por el humo del cigarrillo desmintió su condición. En cuanto a mí, estaba muy incómodo y muy cansado. Mientras tanto, meditaba, planeaba.

El tren iba a toda velocidad. Saint-Etienne… En ese momento, el hombre se levantó y avanzó dos pasos hacia nosotros, ante lo cual la dama gritó y se desmayó, esta vez fue real. Pero, ¿cuál era el propósito de aquel hombre? Abrió la ventanilla de nuestro lado. Ahora la lluvia caía intensamente, y el hombre hizo un gesto expresando descontento, por no disponer de un paraguas ni de un impermeable. Lanzó la mirada sobre el estante de los equipajes. Ahí estaba el paraguas de la dama. Lo tomó. Tomó también mi tapado y se lo puso.

Estábamos atravesando el Sena. Se arremangó los pantalones, y después se inclinó por la ventanilla y levantó la traba exterior de la puerta. ¿Iría a saltar a las vías? A la velocidad que iba el tren, sería una muerte segura. Nos internamos en un túnel. El hombre entreabrió la puerta y con el pie tanteó el primer escalón. ¡Qué locura! La oscuridad, el humo, el ruido, todo daba un aire de fantasía a su acto. Pero, repentinamente, el tren disminuyó la marcha, los frenos aminoraron el impulso de las ruedas. Sin duda se estaban realizando trabajos en las vías en esa parte del túnel, que obligaban a los trenes a disminuir la velocidad y el hombre lo sabía. Inmediatamente bajó el último escalón, cerró la puerta y saltó.

Apenas había desaparecido, salimos del túnel hacia un valle. Otro túnel más y estaríamos en Ruan. Inmediatamente, la dama recobró los sentidos y su primer instinto fue lamentarse por las joyas que había perdido. Yo la miré implorando ayuda. Ella comprendió y me sacó la mordaza que me asfixiaba. Intentó igualmente desatar mis ligaduras, pero la detuve.

—No, no. Es necesario que la Policía vea todo tal como está. Quiero que vean lo que ese bribón nos hizo.

—¿Y si tiro de la señal de alarma?

—Creo que es demasiado tarde para la alarma. Debería haber pensado en eso cuando me atacó.

—Pero si lo hacía me hubiese matado. ¡Ah, señor! Le dije que él viajaba en este tren. Yo lo reconocí en seguida por su retrato. Y ahora se ha llevado mis joyas.

—Ya lo van a encontrar, no tenga miedo.

—¡Encontrar a Arsène Lupin! Jamás.

—Eso depende de usted, señora. Escuche. Apenas lleguemos, póngase en la puerta y grite, haga ruido. Los agentes y los empleados acudirán. Cuénteles lo que vio y reláteles en pocas palabras la agresión de la que yo fui víctima, y la fuga de Arsène Lupin. Déles su descripción: sombrero blando, un paraguas, el de usted, un tapado gris entallado.

—El de usted —dijo ella.

—¿Cómo el mío? No; era de él. Yo no traje tapado.

—A mí me pareció que él no lo tenía cuando subió al tren.

—Sí, sí, a menos que se trate de una prenda olvidada por cualquiera en el estante. Lo que importa es que él lo llevaba puesto cuando saltó del tren. Un abrigo gris entallado, recuérdelo bien… ¡Ah! Me olvidaba: dígales su nombre desde el primer momento. La función que ejerce su marido estimulará la diligencia de la policía.

Estábamos acercándonos a la estación. La dama se inclinó en seguida por la ventanilla de la puerta. Con voz un tanto fuerte, casi imperiosa, para que mis palabras se grabaran bien en su cerebro, volví a decirle:

—Diga también mi nombre, Guillermo Berlat. Y, si es necesario, diga que me conoce. Eso nos hará ganar tiempo. Es esencial que la investigación preliminar se haga rápidamente. Lo importante es que se emprenda la persecución de Arsène Lupin, piense en sus joyas... Que no haya lugar para confusiones. Guillermo Berlat, un amigo de su marido.

—Entendido... Guillermo Berlat.

Se puso a dar voces y gesticular. Ni bien nos detuvimos en la estación, varios hombres subieron, acercándose a nuestro camarote. Había llegado el momento crítico.

Con la voz ahogada, la señora exclamó:

—Arsène Lupin... Nos ha atacado... Me ha robado mis alhajas... Yo soy la señora Renaud, mi marido es subdirector de los servicios penitenciarios... ¡Ah! Ahí está mi hermano Jorge Ardelle, director del Crédit Rouennais..., ustedes deben conoccrlo...

La señora besó y abrazó a un joven que acababa de reunirse a nosotros, y a quien el comisario saludó. Luego la dama continuó, entre lágrimas:

—Sí, Arsène Lupin... Mientras el señor dormía lo agarró por el cuello... El señor Berlat, amigo de mi marido.

El comisario preguntó:

—Pero, ¿dónde está Arsène Lupin?

—Saltó del tren en el túnel, después de pasar el Sena.

—¿Está usted segura de que era él?

—¡Que si estoy segura! Le reconocí perfectamente. En primer lugar, ya le habían visto en la estación de Saint-Lazare. Llevaba un sombrero blando...

—No, llevaba un sombrero duro como ese —la corrigió el comisario, señalando a mi sombrero.

—Un sombrero blando, estoy segura —repitió la señora Renaud—, y un abrigo gris entallado.

—En efecto —murmuró el comisario—; el telegrama indica que vestía un abrigo gris entallado, con el cuello de terciopelo negro.

—Exactamente, con el cuello de terciopelo negro —exclamó la señora Renaud, triunfante.

Yo respiré. ¡Ah, qué excelente amiga tenía yo en esa pequeña mujer!

Los agentes de la policía me habían librado de mis ligaduras. Me mordí los labios hasta que brotó la sangre. Me mantuve encorvado y con el pañuelo sobre la boca, actitud natural para un individuo que ha permanecido un largo tiempo en una posición incómoda y cuya boca muestra las marcas sangrantes de la mordaza. Le dije al comisario con voz afligida:

—Señor, era Arsène Lupin, no hay duda de eso... Si procedemos con diligencia, se lo puede apresar... Yo creo que puedo serles de utilidad, si me lo permite.

El vagón en el que había tenido lugar el asalto, que debía someterse a las comprobaciones de la Policía, fue desenganchado del tren. El resto de los vagones continuó en dirección a El Havre. Fuimos llevados a la oficina del jefe de estación en medio de un gentío curioso que llenaba el andén.

En ese momento experimenté una duda. Debía poner algún pretexto y alejarme de ahí, ir a buscar mi automóvil y huir. El esperar aquí era peligroso. Si pasaba algo, por ejemplo, si llegaba un telegrama de París, estaría perdido.

Sí, pero ¿y mi ladrón? Teniendo que valerme por mis propios medios y en una región que no me era muy familiar, no tendría esperanzas de atraparlo.

"¡Bah! —me dije—. Intentémoslo. Es un juego difícil, pero es tan divertido jugar... Y lo que está en juego vale la pena".

Cuando el comisario nos pidió que repitiéramos nuestras declaraciones, exclamé:

—Señor comisario, en estos momentos Arsène Lupin toma cada vez más ventaja sobre la justicia. Mi automóvil me espera en el patio de la estación. Si usted quiere hacerme el honor de subir a él...

El comisario sonrió y contestó:

—Es una buena idea. Tan buena, incluso, que ya está en marcha. Dos de mis agentes han salido en bicicleta hace ya algún tiempo.

—Pero ¿adónde van?

—A la propia salida del túnel. Ahí recogerán las huellas y los testimonios de los testigos que encuentren, y le seguirán la pista a Arsène Lupin.

No pude evitar encogerme de hombros.

—Sus agentes no recogerán ni huellas ni testimonios.

—¿De veras?

—Arsène Lupin no dejaría que nadie lo viera salir del túnel. Habrá tomado la primera carretera y desde ahí...

—Desde ahí a Ruan, donde nosotros lo arrestaremos.

—No irá a Ruan.

—Entonces permanecerá en los alrededores, donde estamos todavía más seguros de apresarle...

—No permanecerá en los alrededores.

—¡Oh, oh! ¿Dónde se ocultará, entonces?

Saqué mi reloj.

—A esta hora, Arsène Lupin ronda en torno a la estación de Darnétal. A las diez y cincuenta, es decir, dentro de veintidós minutos, tomará el tren que va de Ruan a la estación de Amiens.

—¿Cree usted? ¿Y cómo lo sabe?

—¡Oh!, eso es muy sencillo. En el camarote del vagón, Arsène Lupin consultó mi cronograma de trenes. ¿Por qué lo hizo? Para ver si cerca del lugar donde desapareció había otra línea, una estación de esa línea y un tren que se detuviera en esa estación. A mi vez he consultado el cronograma. Y esa es la información que he encontrado.

—En verdad, señor, es una maravillosa deducción. ¡Lo felicito por su astucia!

Fue entonces que me di cuenta que acababa de cometer un error al demostrar tanta habilidad. El comisario me miraba con sorpresa y me pareció ver suspicacia en sus ojos... Pero apenas si podía ser eso, pues las fotografías distribuidas por la Policía eran demasiado imperfectas, representaban un Arsène Lupin lo suficientemente diferente del que él tenía ante sí para que fuese posible que me reconociera. Y sin embargo, parecía perturbado, confusamente inquieto.

Hubo un momento de silencio. Sentí un escalofrío. ¿La suerte se iba a volver contra mí? Controlándome, me eché a reír.

—¡Dios mío! Nada estimula tanto la mente como la pérdida de una cartera y el deseo, de recuperarla. Y creo que si usted fuera tan amable de prestarme a dos de sus hombres, quizá podríamos...

—¡Oh! Se lo ruego, señor comisario —exclamó la señora Renaud—. Haga lo que el señor Berlat dice.

La intervención de mi excelente amiga resultó decisiva. Pronunciado por ella, esposa de un oficial influyente, el nombre de Berlat se convertía verdaderamente en el mío y me confería una identidad inmune al alcance de toda sospecha. El comisario, se levantó y dijo:

—Créame cuando le digo, señor Berlat, que me sentiré muy feliz de verlo triunfar. Tengo tantos deseos como usted de detener a Arsène Lupin.

Me acompañó hasta el coche y me presentó a dos de sus agentes, Honorato Massol y Gastón Delivet. Los hombres subieron al auto y yo me puse al volante mientras mi chofer daba arranque al vehículo con la manivela. Segundos después, salimos de la estación. Estaba salvado.

¡Ah! Debo confesar que mientras conducía por los boulevares que comprenden a esta vieja ciudad normanda, en mi potente Moreau-Lepton de treinta y cinco caballos, experimenté una profunda sensación de orgullo, y el motor rugió en concordancia. Los árboles volaban a izquierda y derecha, quedando atrás en tan solo segundos. Y yo, ya fuera de peligro, debía ocuparme de solucionar mis pequeños problemas personales en compañía de esos dos honrados policías de la ciudad de Ruan. ¡Arsène Lupin iba en busca de Arsène Lupin!

Modestos guardianes del orden social, Gastón Delivet y Honorato Massol, ¡cuán valiosa fue su ayuda! ¿Qué habría hecho yo sin ustedes? ¿Cuántas veces en las encrucijadas habría tomado el camino erróneo sin su guía? Sin ustedes, este Arsène Lupin se habría equivocado y el otro se habría escapado.

Pero el final aún estaba lejos. Debía capturar al rufián y recuperar los papeles que me había robado. Bajo ningún concepto debía permitir que mis acompañantes vieran el contenido de esos documentos, mucho menos que tomaran posesión de ellos. Usar a los dos agentes para mi beneficio, manteniéndome fuera de su alcance, he ahí el desafío.

Llegamos a Darnetal tres minutos después de que el tren había pasado. Tuve el consuelo de averiguar que un hombre con un abrigo gris entallado con el cuello de terciopelo negro había subido al tren con un boleto de segunda clase con destino a Amiens. Ciertamente, mi debut como policía era prometedor.

Delivet me dijo:

—Ese tren es un expreso y la próxima parada es Montérolier–Buchy, dentro de diecinueve minutos. Si no llegamos ahí antes que Arsène Lupin, podrá continuar a Amiens, o bien cambiar de tren hacia Cléres, y desde ahí podrá llegar a Dieppe o París.

—¿A qué distancia está Montérolier?

—A veintitrés kilómetros.

—Veintitrés kilómetros en diecinueve minutos... Entonces llegaremos antes que él.

Y dicho eso, estábamos de nuevo en camino. Mi fiel Moreau-Lepton jamás había respondido a mi impaciencia con tal ardor y regularidad. Parecía que compartiese mi ansiedad por llegar, mi determinación, comprendía mi animosidad contra aquel rufián de Arsène Lupin. Ese bribón, traidor, ¿conseguiría apoderarme de él? ¿Se burlaría otra vez de la autoridad que, momentáneamente, me encontraba personificando?

—A la derecha —dirigía Delivet—. Luego a la izquierda.

Levitábamos, zumbando a una velocidad increíble. Los guardacantones parecían temblar al vernos pasar. Y de pronto, tras doblar en una calle, divisamos un torbellino de humo: ¡el Expreso Norte! Durante un kilómetro fue una lucha lado a lado, una lucha desigual, con un final certero. Fuimos vencedores.

En tres segundos nos encontrábamos en el andén frente al lugar donde se detenían los vagones de segunda clase.

Las puertas se abrieron. Bajaron algunas personas, pero no mi ladrón. Inspeccionamos los vagones. No había rastro de Arsène Lupin.

—¡Diablos! —exclamé yo—. Probablemente me reconoció en el automóvil mientras corríamos lado a lado con el tren y debió saltar antes de llegar.

El jefe del tren confirmó esta suposición. Dijo haber visto a un hombre bajar doscientos metros antes de la estación.

—Mire ¡allá abajo! Es aquel que está cruzando la vía.

Comencé la persecución seguido de mis dos asistentes, o, más bien, seguido de uno de ellos, porque el otro, Massol, era un corredor extraordinario, de gran velocidad y resistencia. En pocos segundos, logró acercarse al fugitivo, ubicándose a pocos pasos de distancia. El hombre se dio cuenta, saltó sobre un cerco, corrió por un baldío que se encontraba del otro lado y se introdujo en una pequeña arboleda. Cuando llegamos a ese bosque, Massol nos estaba esperando ahí. Había juzgado inútil aventurarse por su cuenta, por temor a perdernos.

—No se preocupe, mi querido amigo —le dije—. Después de semejante carrera, nuestra presa se debe haber quedado sin aire. Ahora sí, lo tenemos.

Inspeccioné los alrededores, ideando la manera de proceder solo a la detención del fugitivo, a fin de recuperar cosas sobre las cuales la Policía, sin duda, querría hacer muchas preguntas desagradables. Luego regresé la atención a mis compañeros y dije:

—Esto es bastante fácil. Usted, Massol, sitúese a la izquierda. Y usted, Delivet, a la derecha. Desde ahí, ustedes pueden ver toda la línea del bosque; no podrá salir sin que ustedes lo vean, excepto por ese barranco, donde yo tomaré posición. Si él no sale por sus propios medios, entonces yo entraré y lo guiaré hacia alguno de ustedes dos. Ustedes deberán esperarlo. Ah, me olvidaba: en caso de que los necesite, haré un disparo de alerta.

Massol y Delivet se alejaron cada uno por su lado. Inmediatamente después de que desaparecieron me adentré en el bosque con la mayor de las precauciones, evitando ser visto y oído. Me encontré con malezas espesas, cortadas por senderos muy estrechos, con grandes ramas colgantes por las cuales me veía obligado a caminar encorvado. Uno de esos senderos desembocaba en un claro, donde encontré huellas sobre la hierba mojada. Seguí las marcas, que me condujeron al pie de un pequeño monte coronado por una cabaña abandonada, casi en ruinas.

"El debe de encontrarse aquí —me dije a mí mismo—. Es un buen escondite".

Subí hasta el pie de la cabaña. Un ruido ligero me advirtió de su presencia, y efectivamente, por una ventana, lo vi parado ahí, dándome la espalda. En dos saltos estaba sobre él. Trató de apuntarme con el revólver que tenía en la mano, pero no le di tiempo. Lo derribé de tal manera que sus brazos quedaron debajo de su cuerpo, indefenso, con mi rodilla sobre su pecho.

—Escucha, mi niño —le susurré al oído—. Yo soy Arsène Lupin. Me vas a devolver enseguida y con la mejor voluntad mi cartera y las joyas de la señora… y como recompensa te salvaré de la policía y te inscribiré entre mis amigos. Contesta: sí o no.

—Sí —murmuró él.

—Buena elección. Tu robo de esta mañana estaba muy bien planeado. Te felicito.

Me levanté. Buscó en su bolsillo, sacó un cuchillo e intentó apuñalarme con él.

—Imbécil —le dije.

Con una mano paré el ataque, con la otra le lancé un golpe a la arteria carótida. Cayó aturdido.

Dentro de mi cartera encontré mis papeles y mi dinero. Por curiosidad tomé la suya. En un sobre que estaba dirigido a él leí su nombre: Pedro Onfrey. El nombre me impactó. Pedro Onfrey, el asesino de la calle Lafontaine en Auteuil. Pedro Onfrey, el que había degollado a Madame Delbois y a sus dos hijas. Me incliné sobre él. Sí, era aquel rostro que en el camarote del tren había despertado en mí un recuerdo que en ese momento no supe descifrar.

Pero el tiempo corría. Metí en un sobre dos billetes de cien francos y una tarjeta con estas palabras: "Arsène Lupin a sus buenos colegas Honorato Massol y Gastón Delivet, como muestra de agradecimiento". Lo dejé en medio de la habitación, donde sin duda lo encontrarían. Coloqué a un lado la bolsa de la señora Renaud. ¿Por qué no habría de devolvérsela? Después de todo, la mujer había sido una excelente amiga. Confieso, no obstante, que saqué de la bolsa todo lo que parecía interesante, dejando nada más que un peine de nácar, un labial rojo y un monedero vacío. Los negocios son los negocios. Y además, verdaderamente, su marido ejercía un oficio tan deshonroso…

El hombre comenzaba a volver en sí. ¿Qué podía hacer yo? Yo no podía ni salvarlo ni condenarlo. Le quité la pistola y disparé al aire una vez.

"Los otros van a venir —pensé yo—. Los acontecimientos se desarrollarán conforme su propio destino". Y me alejé de prisa por el camino del barranco. Veinte minutos más tarde, me encontraba en mi automóvil.

A las cuatro de la tarde telegrafié a mis amigos de Ruan comunicándoles que un incidente imprevisto me obligaba a aplazar mi visita. Pero, aquí entre nos, dado lo que mis amigos deben de saber a estas alturas, mi visita se aplazará indefinidamente. ¡Una cruel desilusión para ellos!

A las seis de la tarde llegaba de regreso a París. Los periódicos de la noche me informaron que la Policía había conseguido apresar a Pedro Onfrey.

Al día siguiente —no debemos despreciar las ventajas de una propaganda inteligente— el *Echo de France* publicaba esta gacetilla sensacional:

> *"Ayer, en las inmediaciones de Buchy, después de numerosos incidentes, Arsène Lupin llevó a cabo la detención de Pedro Onfrey. El asesino de la calle Lafontaine acababa de perpetuar un robo en la línea ferroviaria de París a El Havre a la señora Renaud, esposa del subdirector de los servicios penitenciarios. Arsène Lupin le devolvió a la señora Renaud la bolsa que contenía sus joyas y recompensó generosamente a los dos agentes de la policía local que lo asistieron en el curso de esta dramática detención".*

El collar de la reina

Dos o tres veces por año, en ocasiones de inusual impor-tancia, tales como los bailes de la Embajada de Austria o las fiestas nocturnas de lady Billingstone, la condesa de Dreux-Soubiese lucía sobre sus hombros blancos "el collar de la reina".

Era, en efecto, el famoso collar, el collar legendario que Boehmer y Bassenge, joyeros de la casa real, habían confeccio-nado para la condesa Du Barry. El mismísimo collar que el car-denal de Rohan-Soubiese pretendía regalar a María Antonieta, reina de Francia, y que la aventurera Juana de Valois, condesa De La Motte, despedazó una noche de febrero de 1785, con ayuda de su marido y de su cómplice, Rétaux de Villette.

A decir verdad, sólo la montura era auténtica. Rétaux de Villette la había conservado, mientras que el conde De La Motte y su esposa dispersaron a los cuatro vientos las bellí-simas piedras brutalmente desprendidas de esa joya, que tan cuidadosamente había seleccionado Boehmer. Más tarde, en Italia, Rétaux de Villette vendió la montura a Gaston de Dreux-Soubise, sobrino y heredero del cardenal, quien tiempo después volvió a comprar los pocos diamantes que quedaban en poder del joyero inglés, Jeffery. La completó con otras piedras del mismo tamaño pero de menor calidad, y logró así reconstituir el maravilloso collar, tal como había salido de las manos de Boehmer y Bassenge.

Durante más de un siglo, los Dreux-Soubise se enorgullecieron de ser poseedores de esa joya histórica. A pesar de que ciertas circunstancias adversas disminuyeron su fortuna, prefirieron reducir sus gastos domésticos antes que deshacerse de esa reliquia de la realeza. En particular, el conde actual tenía un apego a esa joya como puede uno apegarse a la casa de sus ancestros. Por prudencia, había alquilado una caja fuerte en el Banco Crédit Lyonnais en donde la guardaba. Iba él mismo en persona a buscarla la tarde del día que su esposa deseaba usarla, y él mismo también volvía a depositarla en el Banco a la mañana siguiente.

Aquella noche, en la recepción del Palacio de Castilla, la condesa obtuvo un éxito extraordinario, y el rey Cristián, en cuyo honor se había celebrado la fiesta, comentó sobre su gracia y belleza. Las piedras resplandecían en torno a su delicado cuello. Las mil facetas de los diamantes brillaban como llamaradas a la claridad de las luces. Ciertamente, nadie más que ella hubiera podido llevar el peso de semejante ornamento con tanta soltura y gracia.

Fue un doble triunfo, uno que el conde de Dreux saboreó profundamente cuando regresaron a su habitación en su residencia en el Faubourg Saint-Germain[1]. Estaba muy orgulloso de su esposa, y, quizás, también de la joya que confería ese lustre a su familia desde hacía cuatro generaciones. Su esposa también encontraba en el collar motivación para una vanidad infantil. Con un gesto de decepción, casi un berrinche, se quitó

---

1   Faubourg Saint-Germain es un distrito histórico de París, conocido como el hogar favorito de la alta nobleza francesa.

el collar de los hombros y se lo tendió a su marido, quien lo examinó con admiración pasional, como si lo estuviera viendo por primera vez. Luego, habiéndolo colocado en su estuche de cuero rojo, estampado con el escudo de armas del cardenal, entró en el cuarto adjunto, que más bien era una especie de alcoba que había sido separada y aislada completamente del dormitorio y cuya única entrada se encontraba al pie de su cama. Como había hecho incontables veces antes, escondió el estuche en un estante alto, entre cajas de sombreros y pilas de sábanas. Cerró la puerta y se alistó para dormir.

A la mañana siguiente, se levantó con intención de ir al Crédit Lyonnais después de desayunar. Se vistió, bebió una taza de café y bajó a las caballerizas a dar sus órdenes. La condición de uno de los caballos lo tenía preocupado, por lo que hizo que lo sacaran a ejercitar. Luego regresó junto a su esposa, quien aún se encontraba en el dormitorio y estaba alistándose con ayuda de su sirvienta. Cuando lo vio entrar, la condesa le preguntó:

—¿Vas a salir?

—Sí, voy al banco.

—Por supuesto, eso es sensato.

El conde entró en la habitación adjunta, pero al cabo de algunos segundos preguntó sin la menor sorpresa:

—¿Lo has tomado tú, querida?

—¿Cómo? No, yo no he tomado nada.

—Lo has cambiado de lugar.

—En absoluto, ni siquiera he abierto esa puerta.

El conde apareció en la puerta, desconcertado y balbuceando con voz apenas inteligible:

—Pero ¿tú no has…? ¿No has sido tú…? Entonces…

Ella corrió a la habitación adjunta y entre ambos buscaron fervientemente, tirando las cajas al suelo y desarmando las pilas de sábanas. Y el conde decía:

—Es inútil seguir buscando. Lo había puesto acá, en el estante.

—Puedes haberte equivocado.

—No, no, sobre este estante. En ningún otro lado.

Encendieron una lámpara, pues el cuarto era bastante oscuro, y procedieron a vaciarlo, quitando toda la ropa y todos los objetos contenidos en él. Y cuando quedó completamente vacío, no tuvieron otra opción más que reconocer que el famoso collar, el collar en esclava de la reina, había desaparecido. Siendo mujer de carácter resuelto, la condesa, sin perder tiempo en lamentos sin sentido, notificó al comisario, el señor Valorbe, quien se presentó a la mansión poco después. El comisario fue puesto al corriente de todos los detalles, y luego preguntó:

—¿Está usted seguro, conde, de que ninguna persona pasó por su dormitorio durante la noche?

—Absolutamente seguro, tengo el sueño muy ligero. Es más, la puerta de este dormitorio estaba cerrada con pasador. Recuerdo que tuve que quitarlo esta mañana cuando mi esposa llamó a su sirvienta.

—¿Y no existe ninguna otra entrada hacia el adjunto?

—Ninguna.

—¿No hay ventanas?

—Sí, hay una, pero está clausurada.

—Quisiera comprobarlo, si no le molesta.

Se encendieron lámparas e inmediatamente el señor Valorbe les hizo observar que la mitad de la ventana se encontraba obstruida por un armario, el cual, de todas formas, era tan estrecho que no llegaba a tocar el marco de la ventana en ninguno de los lados.

—¿Y adónde da esta ventana?

—A un patio interno.

—¿Y hay otro piso encima de este?

–Dos, pero a la altura del piso de los sirvientes. Hay una reja cerrada sobre el patio. Por eso esta habitación es tan oscura.

Cuando apartaron el armario se comprobó que la ventana estaba cerrada, y no hubiera podido estarlo si alguien hubiera penetrado por ella desde el exterior.

–A menos –observó el conde– que el intruso hubiera salido por nuestro cuarto.

–En cuyo caso, usted no hubiera encontrado cerrado el pasador de la puerta de este dormitorio.

El comisario reflexionó un instante y luego le preguntó a la condesa:

–Entre su servidumbre, condesa, ¿se sabía que usted llevaría ese collar anoche?

–Por supuesto, no es algo que yo oculte. Pero nadie sabía que estaría escondido en este adjunto.

–¿Nadie?

–Nadie… A menos que…

–Le ruego a usted, señora, que esté segura. Es un punto de lo más importante.

Ella le dijo a su marido:

–Estaba pensando en Enriqueta.

–¿Enriqueta? Ella no tenía idea de donde lo guardaríamos.

–¿Estás seguro?

–¿Quién es esa señora Enriqueta? –preguntó el señor Valorbe.

–Una amiga del colegio, su familia la desheredó por haberse casado con alguien de un estatus inferior. Al morir su marido, les amueblé un departamento aquí para ella y su hijo. Es muy diestra con la aguja y me ha hecho algunos trabajos.

–¿En qué piso vive ella?

–En el nuestro… al final del pasillo… Y creo que… la ventana de su cocina…

—Se abre sobre este patio, ¿verdad?

—Sí, justo enfrente a esta ventana.

Un silencio siguió a esta declaración. Luego, el señor Valorbe pidió ver a Enriqueta. La encontraron cosiendo, mientras su hijo Raúl, un niño de unos seis años, leía a su lado. El comisario se sorprendió de ver el miserable departamento que habían amueblado para ella. Se componía en total de una habitación sin chimenea y de un pequeñísimo cuarto que servía de cocina. El comisario la interrogó. Ella pareció desconcertada al enterarse del robo. La noche anterior, ella misma había ayudado a vestir a la condesa y colocado el collar sobre sus hombros.

—¡Santo Dios! —exclamó—. ¡No puede ser posible!

—¿Y usted no tiene ninguna idea? ¿No tiene alguna sospecha? Es posible que el culpable haya pasado por su habitación.

Ella rio honestamente, sin imaginarse que pudiese ser objeto de sospecha.

—Pero si yo no he salido de mi cuarto. Yo nunca salgo. Y además, ¿no ha visto usted?

Abrió la ventana de la cocina.

—Vea, hay al menos tres metros hasta la ventana del otro lado.

—¿Quién le ha dicho a usted que nosotros pensáramos que el robo hubiera sido efectuado de esa forma?

—Pero, ¿el collar no estaba en el adjunto?

—¿Cómo lo sabe usted?

—Siempre he sabido que lo ponían ahí durante la noche. Se ha hablado de eso en mi presencia.

Su rostro, aunque todavía joven, llevaba rastros inconfundibles de pesares y resignaciones. De pronto, ese rostro se tiñó con una expresión de ansiedad, como si Enriqueta sintiera una amenaza en el aire. Atrajo a su hijo contra ella, y el niño le tomó la mano y se la besó tiernamente.

Cuando estuvieron a solas de nuevo, el conde De Dreux le dijo al comisario

—No sospechará usted de Enriqueta ¿Cierto? Yo respondo por ella. Es la honestidad encarnada.

—Concuerdo completamente con usted— afirmó el señor Valorbe—. Cuanto mucho creo que pudo haber habido una complicidad inconsciente. Pero reconozco que esta hipótesis debe ser abandonada, sobre todo porque no resuelve de ningún modo el problema con el cual nos enfrentamos.

El comisario dejó la investigación, que fue retomada y completada por el juez de instrucción. Se interrogó a los sirvientes, se comprobó el estado del pasador, se hicieron experimentos con la apertura y cierre de la ventana del adjunto y se exploró a fondo el patio. Pero todo fue inútil. El pasador de la puerta estaba intacto, la ventana no podía abrirse ni cerrarse desde afuera.

Las investigaciones derivaron principalmente sobre Enriqueta, pues, a pesar de todo, todos los caminos llevaban a ella. Se investigó minuciosamente su pasado y se comprobó que en los últimos tres años no había salido de la mansión más que cuatro veces, y los motivos de esas cuatro salidas fueron verificados satisfactoriamente. En realidad, servía de criada y costurera a la señora De Dreux, la cual la trataba con gran inclemencia, casi al borde de la crueldad, según las declaraciones confidenciales de los otros sirvientes.

Al cabo de una semana, el juez de instrucción llegó a las mismas conclusiones que el comisario: aunque supiéramos quién es el culpable, cosa que aún no sabemos, señalarlo no haría que supiéramos más sobre la forma en que se cometió el robo. Nos encontramos entre una puerta y una ventana, ambas cerradas. El misterio es entonces doble. ¿Cómo pudo introducirse una persona, y cómo, más importante, pudo escapar, dejando detrás de sí una puerta cerrada con pasador y una ventana también cerrada?

Al cabo de cuatro meses de investigaciones, la opinión confidencial del juez era que el conde y la condesa De Dreux, presionados por escaseces de dinero, habían vendido el collar de la reina. Y cerró entonces la investigación.

El robo de la preciosa joya golpeó fuerte a los Dreux-Soubise. Su situación económica, al no estar apoyada por la reserva de seguridad que constituía ese tesoro, llevó a que se enfrentaran a unos acreedores más exigentes y a prestamistas menos benéficos. Tuvieron que reducir sus gastos considerablemente, vender e hipotecar cualquier artículo de valor. En pocas palabras, aquello hubiera sido su ruina si dos grandes herencias de parientes lejanos no hubieran llegado a salvarlos.

No fue sólo su economía que se vio afectada, sino también su orgullo. Parecía que hubieran perdido sus escudos de nobleza. Y, sorprendentemente, fue contra su antigua compañera de colegio contra quien se volvió la condesa. Demostraba contra ella grandes sentimientos de rencor, llegando incluso a acusarla abiertamente. En un primer momento, la desterró al piso de los criados y luego la despidió, sin más.

La vida de los Dreux prosiguió sin acontecimientos notables. Los condes viajaron mucho. Un solo evento digno de ser registrado ocurrió en ese tiempo. Unos meses después de la partida de Enriqueta, la condesa recibió una carta firmada por su antigua compañera de colegio que la llenó de asombro:

Señora:

No sé cómo agradecérselo. Puesto que ha sido usted, ¿no es cierto?, quien me ha enviado eso. Ninguna otra persona pudo haber sido, sino usted, pues nadie más conoce dónde vivo, en el fondo de esta pequeña aldea. Si me equivoco, perdóneme, y acepte mis sinceros agradecimientos por sus bondades en tiempos pasados...".

¿Qué quería decir con eso? Las bondades presentes o pasadas de la condesa hacia ella se reducían a muchas injusticias y apatías. ¿A qué podía deberse esta carta de agradecimiento?

Al pedirle una explicación, Enriqueta respondió que había recibido por correo una carta conteniendo dos billetes de mil francos. El sobre, que ella adjuntaba con su respuesta, estaba sellado en París y sólo llevaba puesta su dirección, escrita con una caligrafía visiblemente alterada. Pero, ¿de dónde procedían aquellos dos mil francos? ¿Quién se los había mandado? ¿Y por qué se los habían mandado?

Enriqueta recibió una carta similar al año siguiente. Y, una tercera vez, y una cuarta, y así cada año durante seis años, con sólo una diferencia: que el quinto y el sexto año la suma fue duplicada, lo que permitió a Enriqueta, que había caído enferma súbitamente, cubrir sus gastos médicos. Otro cambio: la administración de Correos incautó de una de las cartas, con el pretexto de que no había sido enviada con las debidas certificaciones por contener dinero, pero ya las dos últimas cartas fueron enviadas conforme al reglamento de Correos: la primera fechada en Saint-Germain y la otra en Suresnes. El remitente firmó esta primera "Anquety", y la segunda, "Péchard". Las direcciones que daba eran falsas.

Al cabo de seis años, Enriqueta murió. El enigma quedó sin resolver.

Todos estos acontecimientos son de público conocimiento. El caso fue de los que apasionan a la opinión pública, y es una extraña coincidencia que aquel collar que, después de haber conmocionado a Francia a finales del siglo XVIII, volvió a emocionarla un siglo más tarde. Pero lo que voy a decir ahora sólo lo conocen los principales interesados y algunas otras personas a las cuales el conde pidió que guardaran este gran secreto. Como es probable que un día u otro esas personas rompan su promesa, yo no siento pena ni escrúpulos en develar el misterio, pues entonces he aquí la clave de este enigma, la explicación de la carta publicada por los diarios de anteayer por la mañana, carta extraordinaria que añadía, si es siquiera posible, un poco más de misterio a las oscuridades de este drama:

Hace cinco días, entre las damas que almorzaban en casa del conde De Dreux-Soubise se encontraban sus dos sobrinas y su prima, y entre los caballeros, el presidente de Essaville, el diputado Bochas, el caballero Floriani, a quien el conde había conocido en Sicilia, y el general y marqués de Rouziéres, viejo camarada del círculo.

Después del almuerzo, las damas sirvieron el café y los caballeros aprovecharon a fumar sus cigarrillos, autorizados bajo la condición de que no abandonaran el salón. El bullicio de conversación general derivó, eventualmente, en los crímenes célebres. Y fue entonces que el marqués De Rouziéres, quien nunca perdía oportunidad de burlarse del conde, recordó la aventura del collar, tema de conversación que conde De Dreux detestaba.

Cada cual dio su opinión, y por supuesto, todos ofrecieron sus deducciones y teorías. De más está decir que todas las hipótesis se contradecían y todas eran igualmente imposibles.

–Y usted, señor –preguntó la condesa al caballero Floriani–, ¿cuál es su opinión?

–¡Oh! Yo no tengo opinión, señora.

Hubo exclamaciones y protestas de todos los presentes, pues el caballero acababa de relatar muy brillantemente diversas aventuras en las que había participado junto a su padre, un magistrado de Palermo, en las que había confirmado su buen juicio y su gusto por estas cuestiones.

–Confieso –dijo él– que me ha ocurrido tener éxito en circunstancias en las que otras personas más hábiles que yo habían ya renunciado. Pero de eso a considerarme como un Sherlock Holmes[2]... Y, además, no tengo idea de cómo trascurrió el robo del collar de la reina.

Todos se volvieron hacia el dueño de la casa. Forzado por los presentes, narró los hechos sucedidos aquella noche del robo. El caballero escuchó, reflexionó, hizo algunas preguntas y murmuró:

–Es muy extraño. En un primer momento uno no creería que sea difícil de resolver.

El conde se encogió de hombros. Pero las demás personas se inclinaron, colocándose en torno al caballero, y este, con un tono un tanto dogmático, prosiguió:

–Como norma general, para llegar al autor de un crimen o de un robo es preciso determinar en qué forma ese crimen o ese robo fueron cometidos. En este caso, nada es más simple, según creo yo, pues nos encontramos enfrentados no a varias hipótesis, sino a una certeza: el individuo sólo podía entrar por la puerta del dormitorio o por la ventana del adjunto. Pero, desde el exterior no se abre una puerta que está cerrada por dentro con pasador. Entonces tuvo que entrar por la ventana.

–Pero estaba cerrada y fue encontrada cerrada después del hecho –declaró con firmeza el conde De Dreux.

–Para lograrlo –continuó Floriani sin tomar en cuenta la interrupción–, el individuo sólo tuvo necesidad de establecer un puente, colocar una tabla o una escala entre el balcón de la cocina y el marco de la ventana y una vez que...

---

2   En este libro se recupera este anagrama de Sherlock Holmes empleado por el autor, Maurice Leblanc, después de problemas legales producto de un juicio por derechos de autor sobre el personaje de Conan Doyle. Véase pág 5.

—Pero yo le repito que la ventana estaba cerrada —exclamó el conde con impaciencia.

Esta vez Floriani no tuvo más remedio que responder. Lo hizo con la mayor tranquilidad, como si la objeción fuera insignificante:

—Yo le creo que lo estaba, pero ¿acaso no hay un tragaluz?

—¿Cómo lo sabe usted?

—En primer lugar, eso es casi una regla en las mansiones de esta época. Y en segundo lugar, de otro modo el robo resulta inexplicable.

—En efecto, hay un tragaluz, pero está cerrado como la ventana. Ni siquiera se le prestó atención.

—Es un error. Porque si se hubiese prestado atención a eso, se hubiera visto, evidentemente, que había sido abierto.

—¿Y cómo?

—Yo supongo que, al igual que todos los demás tragaluces, se abre por medio de un alambre, provisto de un anillo en su extremo inferior.

—Sí, pero aún no comprendo cómo eso...

—Por una ranura en el cristal se pudo, con ayuda de un instrumento cualquiera, supongamos una barrita de hierro provista de un gancho, atraer el anillo, tirar de él y abrir.

El conde replicó con una risa irónica:

—¡Perfecto! ¡Perfecto! Usted lo arregla todo con gran facilidad. Sólo una cosa: no había ranura alguna en el cristal.

—Tuvo que haber una ranura.

—¡Tonterías! La habríamos visto.

—Para ver es preciso mirar, y no han mirado. La ranura existe, pues resulta materialmente imposible que no exista a lo largo del cristal contra la masilla... en sentido vertical, por supuesto.

El conde se levantó. Parecía sobreexcitado. Caminó por el salón de arriba abajo con paso nervioso, y, acercándose a Floriani, le dijo:

—Nadie ha puesto un pie en ese adjunto desde ese día, nada ha cambiado ahí desde entonces.

—En ese caso, señor, tiene usted la posibilidad de comprobar que mi explicación es correcta.

—Su explicación no concuerda con ninguno de los hechos que la justicia ha comprobado. Usted no ha visto nada, usted no sabe nada y usted va en contra de todo lo que nosotros hemos visto y de todo lo que nosotros sabemos.

Floriani no pareció siquiera notar la irritación del conde, y dijo, sonriendo:

—¡Dios mío! Yo solo doy una teoría, eso es todo. Si me equivoco, usted puede comprobarlo.

—Lo haré de inmediato. Aunque confieso que su seguridad...

El señor De Dreux balbuceó aún algunas palabras, y luego se dirigió hacia la puerta y salió. No se pronunció una palabra durante su ausencia. Todos esperaban ansiosamente su regreso, confiriendo con ese silencio un aire de importancia trágica a las circunstancias. Finalmente, el conde apareció en el marco de la puerta. Estaba pálido y visiblemente nervioso. Con voz temblorosa, les dijo a sus amigos:

—Les pido disculpas... las revelaciones del señor fueron tan imprevistas... jamás hubiera creído...

Su esposa lo interrogó ansiosamente:

—¡Habla, te lo suplico! ¿Qué ocurre?

El conde balbuceó:

—La ranura existe, en el lugar indicado, al costado del cristal.

Tomó bruscamente el brazo del caballero y le dijo con tono imperioso:

—Y ahora, señor, prosiga. Reconozco que usted tiene razón hasta aquí, pero no ha acabado. Responda, ¿qué es lo que ocurrió?

Floriani se desprendió de la mano del conde suavemente, y después de un instante prosiguió:

–Pues bien, como yo lo veo, el individuo, sabiendo que la señora De Dreux iba al baile con el collar, colocó la pasarela en su ausencia. A través de la ventana lo vigiló a usted y lo vio ocultar la joya. Una vez que usted salió del anexo, él cortó el cristal y tiró del anillo.

–¡Ah!, pero la distancia es demasiado grande para que él haya podido alcanzar la traba de la ventana desde el tragaluz.

–Si no la pudo abrir, entonces es que entró por el tragaluz.

–Imposible; no hay un hombre lo bastante delgado para introducirse por ahí.

–Entonces no fue un hombre.

–¡Cómo!

–Ciertamente. Si el tragaluz es demasiado estrecho para un hombre, debe haber sido un niño.

–¡Un niño!

–¿No dijo usted que su amiga Enriqueta tenía un hijo?

–En efecto… un niño que se llamaba Raúl.

–Es muy probable que haya sido Raúl quien cometió el robo.

–¿Qué prueba tiene usted de eso?

–¿Qué prueba? No faltan pruebas… Así, por ejemplo…

Se calló y reflexionó unos segundos; luego prosiguió:

–Así, por ejemplo, esa pasarela no es de creer que el niño la haya llevado desde fuera y la haya vuelto a sacar sin que alguien se diera cuenta de ello. Tuvo que emplear lo que tenía a su disposición. En el cuarto que Enriqueta tenía por cocina había tablas sujetas a la pared, a modo de estante, donde colocar sus cacerolas. ¿Me equivoco?

–Sí, dos tablas, según recuerdo.

–Debería comprobar si esas dos tablas están fijadas a los pies de madera que las sostienen. En caso contrario, estaríamos autorizados a pensar que el niño las ha quitado, unido una a la otra y así formó un puente. Es posible también, puesto que había un horno, que se encontrase el gancho utilizado en este y del cual se sirvió para abrir el tragaluz.

Sin decir una palabra, el conde salió de la habitación, y esta vez los invitados ya no sintieron en absoluto esa ansiedad por lo desconocido que habían experimentado la vez primera. Sabían, con certeza absoluta, que las previsiones de Floriani eran exactas. Emanaba de aquel hombre una impresión de certidumbre tan rigurosa, que nadie se mostró sorprendido cuando el conde regresó y dijo:

—Fue efectivamente el niño; completamente él; todo lo prueba.

—¿Ha visto usted las tablas..., el gancho del horno?

—Los he visto. Las tablas fueron desclavadas, el gancho aún está ahí.

La condesa De Dreux-Soubise exclamó:

—Fue el niño... ¡Querrán decir más bien que fue la madre! Enriqueta es la única culpable. Ella habrá obligado a su hijo...

—No —afirmó el caballero—; la madre no tuvo nada que ver en eso.

—¡Tonterías! Vivían en el mismo cuarto y el niño no hubiera podido actuar sin que la madre lo supiera.

—Vivían en el mismo cuarto, es cierto. Pero todo ocurrió en la habitación vecina, de noche y mientras la madre dormía.

—¿Y el collar? —preguntó el conde—. Hubiera sido encontrado entre las cosas del niño.

—Perdóneme. El niño salía de casa. Esa misma mañana que ustedes lo encontraron leyendo, venía de la escuela, y quizás el comisario, y la justicia, en lugar de agotar sus recursos contra la madre, hubiera hecho mejor uso de su tiempo registrando el pupitre del niño y revisando entre sus libros de clase:

—Pero como explica esos dos mil francos que Enriqueta recibía cada año. ¿No son prueba suficiente de su complicidad?

—Si hubiera sido cómplice, ¿le hubiera dado a usted las gracias por ese dinero? Y además, ¿acaso no la vigilaban? Mientras que el niño, siendo libre, tranquilamente podía ir a una ciudad vecina y dirigirse a un revendedor cualquiera y vender uno o dos diamantes, según el caso, bajo la condición de que el dinero fuera enviado desde París, mediante lo cual el trato se repetirá el año siguiente.

Un malestar indescriptible oprimía a los De Dreux-Soubise y a sus invitados. Verdaderamente, en el tono y en la actitud de Floriani había algo más que aquella certidumbre que desde un principio había molestado tanto al conde. Había como ironía, una ironía que parecía más hostil que simpática. El conde forzó una risa y dijo:

—Todo eso es de gran ingenio. Mis felicitaciones. ¡Qué brillante imaginación!

—No, no, para nada —exclamó Floriani con la mayor seriedad—. Yo no imagino nada. Sólo relato los acontecimientos como debieron ocurrir.

—¿Y cómo sabe usted todo esto?

—Solo sé lo que usted mismo me ha dicho. Yo me imagino en la vida de la madre y del niño allá en esa cabaña, desplazados. La madre que cae enferma; las artimañas y las invenciones del pequeño para vender las piedras y salvar a su madre o, cuando menos, aliviar los pesares de sus últimos momentos. La enfermedad empeora y ella muere. Pasan los años. El niño crece y se hace hombre. Y entonces (ahora le daré rienda libre a mi imaginación) supongamos que aquel niño experimenta la necesidad de volver a los lugares donde vivió su infancia, que vuelve entonces a ver a aquellos que sospecharon de su madre, que la acusaron… Piensen ustedes en la angustia de semejante entrevista en la vieja casa donde el drama original tuvo lugar.

Sus palabras resonaron durante unos segundos en el inquieto silencio, y se leía en los rostros del conde y la condesa un esfuerzo desesperado por comprender, y al mismo tiempo, miedo y angustia de comprender. El conde murmuró:

—¿Quién es usted, Señor?

—¿Yo? Pues el caballero Floriani, a quien usted conoció en Palermo y a quien usted ha sido lo suficientemente generoso de invitar a vuestra casa ya varias veces.

—Entonces, ¿qué significa esa historia?

—¡Oh! Nada en absoluto. Es un simple pasatiempo. Intento sentir la alegría que el hijo de Enriqueta, si existe todavía, sentiría en decirles que él fue el único culpable, y que lo fue porque su madre era desgraciada al extremo de perder el empleo de... criada del que vivía, y porque el niño sufría al ver a su madre desgraciada.

Hablaba con una emoción contenida, medio erguido y medio inclinado sobre la condesa. No cabía duda alguna, el caballero Floriani era el hijo de Enriqueta. Todo en su actitud y en sus palabras lo declaraba. Además, ¿acaso no era su intención evidente, ser reconocido como tal?

El conde vaciló. ¿Qué actitud podía adoptar ante aquel audaz personaje? ¿Llamar a los criados? ¿Provocar un escándalo? ¿Desenmascarar a aquel que alguna vez lo había robado? Pero eso había sido hacía tanto tiempo... ¿Y quién iría a creer esa historia absurda del niño culpable? No, mejor sería aceptar la situación y hacerse el desentendido. Y así, el conde, dirigiéndose a Floriani, exclamó con regocijo:

—Muy divertida, muy curiosa su historia. Le juro a usted que me apasiona. Pero, según usted, ¿qué habrá sido de ese joven, ese hijo modelo? Espero que su carrera no se haya terminado después de un debut tan brillante.

—¡Oh! Ciertamente que no.

–¡Después de semejante inicio! Apoderarse del collar de la reina a los seis años, el célebre collar que anhelaba María Antonieta.

–Y apoderarse de él –observó Floriani, secundando el juego del conde– sin que le costase el menor esfuerzo, sin que a nadie se le ocurriera de examinar el estado del traga-luz o de darse cuenta de que el marco de la ventana estaba demasiado limpio, porque él lo había limpiado para borrar toda huella de su paso sobre el grueso polvo antes ahí acu-mulado… Debemos admitir que habría sido suficiente para excitar la cabeza de un chico de su edad. Era todo tan fácil. Basta con sólo quererlo y extender la mano…

–Y él extendió la mano.

–Las dos manos –replicó el caballero, riendo.

Todos experimentaron como un escalofrío. ¿Qué misterio ocultaba la vida del llamado Floriani? ¡Qué extraordinaria debía de ser la existencia de este aventurero, ladrón genial a los seis años y que hoy, en busca de aventura o para satisfacer un antiguo rencor, venía a desafiar a su víctima en su propia casa, audaz, locamente, y, sin embargo, con toda la correc-ción de un caballero, cumpliendo el rol de invitado!

Se levantó y se acercó a la condesa para despedirse. Ella retrocedió inconscientemente. Él sonrió.

–¡Oh señora! Usted me tiene miedo. ¿Acaso llevé mi pequeña comedia de brujo de salón demasiado lejos?

Ella dominó sus emociones y respondió con la misma des-envoltura, un poco burlona:

–De ningún modo, señor. Por el contrario, la leyenda de ese buen hijo me ha interesado mucho y me alegra que mi collar haya sido objeto de un destino tan brillante. Pero ¿no cree usted que el hijo de esa mujer, de aquella Enriqueta, obedecía una herencia genética en su vocación?

Él se encogió de hombros, sintiendo la punzada, y replicó:

—Yo estoy seguro de eso, y sin duda que esa herencia debió ser muy fuerte para que el niño se animara a seguirla.

—¿Y ello por qué?

—Porque, como usted bien sabe, la mayor parte de los diamantes eran falsos. Las únicas verdaderas eran aquellos pocos diamantes comprados de nuevo al joyero inglés. Los otros habían sido vendidos, uno a uno, según las duras necesidades de la vida.

—Pero, en todo caso, seguía siendo el collar de la reina, señor —dijo la condesa con altivez—, y eso es algo que el hijo de Enriqueta no podía apreciar.

—Lo que el niño comprendía, señora, era que, falso o real, el collar constituía ante todo un objeto de exhibición, un emblema de orgullo sin sentido.

El señor De Dreux hizo un gesto amenazante. Su esposa lo detuvo inmediatamente.

—Señor —dijo ella—, si el hombre al cual usted alude tiene el mínimo sentido del honor...

Se interrumpió, intimidada por la tranquila mirada de Floriani.

El conde repitió las palabras de su esposa:

—Si ese hombre tiene el mínimo pudor...

Ella comprendió que nada ganaría hablándole de esa manera, y, a pesar de sí misma, a pesar de su cólera y su indignación, toda temblorosa con su orgullo abatido, le dijo, casi amablemente:

—Señor, la leyenda afirma que Rétaux de Villette, cuando tuvo el collar de la reina entre sus manos y que él le sacó todos los diamantes con Juana de Valois, no se atrevió, sin embargo, a tocar la montura. Comprendió que los diamantes no eran más que el adorno, lo accesorio, pero que la montura era la verdadera pieza del artista, la propia creación del artista, y la respetó. ¿Cree usted que ese hombre haya entendido esto también?

—Yo no dudo que la montura exista. El niño la ha respetado.

—Pues bien, señor: si le sucede a usted que se lo encuentra, dígale que conserva injustamente en su poder una de esas reliquias que son propiedad y orgullo de cierta familia, y que si bien ha podido arrancar las piedras, el collar de la reina sigue perteneciéndole a la casa de los De Dreux-Soubise. Nos pertenece como nuestro nombre, como nuestro honor.

El caballero respondió sencillamente:

—Se lo diré, señora.

Se inclinó ante ella y saludó al conde. Saludó luego, a todos los invitados y se retiró.

Cuatro días más tarde, la señora De Dreux encontró sobre la mesa de su dormitorio un estuche rojo con el escudo de armas del cardenal. Lo abrió y encontró en su interior el collar de la reina.

Pero como todas las cosas en la vida de un hombre cuidadoso de la unidad y de la lógica deben conducir al mismo objetivo —y teniendo en cuenta que un poco de publicidad nunca viene mal—, al día siguiente el *Echo de France* publicaba estas líneas sensacionales:

"El collar de la reina, la célebre joya histórica, robada a la familia De Dreux-Soubise, ha sido recuperada por Arsène Lupin, quien se apresuró a devolverlo a sus legítimos dueños. Aplaudimos este acto de delicada caballerosidad".

El siete de corazones

A menudo se me hace esta pregunta: ¿Cómo conocí yo a Arsène Lupin?

Nadie duda de que lo conozca. Los detalles que recaudo sobre este hombre misterioso desconciertan; los hechos irrefutables que presento, la evidencia nueva que aporto, la interpretación que doy de ciertos acontecimientos de los que el público sólo ha oído detalles sin comprender las razones secretas ni el mecanismo oculto… Todo eso prueba perfectamente, si no una intimidad, al menos una relación de amistad con su esperada confidencia.

Pero, ¿cómo lo conocí yo? ¿Cómo fui seleccionado para ser su historiador? ¿Por qué yo y no otro?

La respuesta es fácil: la única responsable de nuestro encuentro fue la casualidad, yo no he tenido nada que ver. Fue la casualidad que me puso en este camino. Fue por pura casualidad que me vi involucrado en una de sus aventuras más extrañas y misteriosas, y fue por casualidad que actué en un drama del que él fue el maravilloso director. Fue un drama oscuro y complejo, con un desarrollo intrigante y excitante, que hasta me da vergüenza intentar relatarlo.

El primer acto tuvo lugar en aquella noche tan famosa del 22 de junio, de la cual tanto se ha hablado. Y, por mi parte, atribuyo la conducta muy impropia de mí que demostré en esa ocasión al estado particular en el que me encontraba al regresar a mi casa. Habíamos cenado con unos amigos en el restaurante La Cascada, y durante toda la noche, mientras fumábamos y la orquesta de zíngaros tocaba valses melancólicos, nos la pasamos hablando de crímenes, robos y de tramas tenebrosas. Sin duda, no son las temáticas más recomendadas para tener en mente a la hora de conciliar el sueño.

Los Saint-Martin se habían ido en automóvil; Juan Daspry —aquel encantador y despreocupado Daspry, que seis meses después murió trágicamente en la frontera de Marruecos— y yo regresamos a pie a través de la cálida oscuridad de la noche. Cuando llegamos ante la casita en la que yo vivía desde hacía un año en Nelly, en el boulevard Maillot, él me dijo:

—¿Tú no sientes nunca miedo?

—¡Qué ocurrencia!

—Bueno, es que esta casa está tan aislada, sin vecinos, con los lotes vacíos alrededor... De verdad, no soy ningún cobarde, pero...

—¡Qué ánimos!

—No me hagas caso, estoy hablando tonterías. Los Saint-Martin me han impresionado con sus historias de bandidos.

Nos despedimos, estrechándonos la mano y se alejó. Saqué la llave y abrí la puerta de la casa.

"Que raro —me dije—. Antonio ha olvidado dejarme una lámpara prendida".

Y de pronto recordé: Antonio estaba ausente, le había dado unos días libres. Inmediatamente, las sombras y el silencio me resultaron abrumadores. Subí hasta mi dormitorio en puntas de pie, lo más rápido posible, y en seguida, al contrario de lo que acostumbraba hacer, cerré con llave desde adentro y puse el pasador.

La luz de mi lámpara me dio coraje, pero de todas formas tuve la precaución de sacar mi revólver de su funda, un revólver grande, de largo alcance, y lo coloqué al lado de mi cama. Esta precaución acabó de tranquilizarme. Me acosté y agarré el libro que habitualmente leía hasta quedarme dormido. En ese momento me llevé una sorpresa: en lugar del cortapapeles que había usado de marca páginas me encontré un sobre sellado con cinco sellos de lacre rojo. Lo tomé ansiosamente. Llevaba mi nombre y apellido, con la palabra "Urgente".

¡Una carta! ¡Una carta a mi nombre! ¿Quién podía haberla puesto en ese lugar? Un poco nervioso desgarré el sobre y leí:

"A partir del momento en que usted abra esta carta, pase lo que pase, escuche lo que escuche, no se mueva, no haga ningún movimiento, no pronuncie palabra. Si no, se estará condenando".

No soy ningún cobarde, y como cualquier otro, sé cómo hacerle frente al peligro cuando es real y también sé sonreírles a los peligros irreales que se apoderan de nuestra imaginación. Pero, déjeme repetir, me encontraba en un estado particular esa noche, más fácilmente impresionable y con los nervios a flor de piel. Y además, ¿no había en todo eso algo desconcertante e inexplicable, diseñado para perturbar incluso al alma más corajuda?

Mis dedos apretaban febrilmente la carta mientras releía una y otra vez esas palabras amenazadoras… "No haga ningún movimiento, no pronuncie palabra… Si no, se estará condenando".

"Qué estupidez —pensé yo—. Se trata de alguna broma, ideada por algún idiota".

Estuve a punto de echarme a reír, quería soltar una carcajada. ¿Qué me lo impedía? ¿Qué temor me comprimía la garganta?

Al menos apagaría la lámpara. No, no podía hacerlo. "No haga ningún movimiento... Si no, se estará condenando", decía la nota.

A veces, estas autosugestiones pueden volverse incluso mas imperiosas que la propia realidad, pero, ¿por qué debería luchar en su contra? Todo se terminaría si cerrase mis ojos, así que eso hice... Cerré los ojos.

En el mismo instante, un ruido tenue rompió el silencio y luego se oyeron crujidos. Los sonidos venían de la gran habitación que usaba como biblioteca. Solo una antecámara separaba la biblioteca y mi habitación.

La aproximación de un peligro real me sobresaltó y me dieron ganas de levantarme, agarrar mi revólver y entrar inmediatamente en la biblioteca. Pero no me levanté: una de las cortinas de la ventana se había movido. No cabía duda. ¡Se estaba moviendo! Y vi, lo vi claramente, que entre las cortinas, en ese espacio demasiado estrecho, había una figura humana, un hombre, cuyo volumen impedía que la tela cayera vertical. Y estaba seguro de que el hombre también me estaba viendo a través de la tela de las cortinas. Y entonces entendí lo que estaba pasando. Su misión era mantenerme vigilado y quieto mientras los demás se llevaban el botín. ¿Qué haría? ¿Levantarme? ¿Agarrar el revólver? Imposible... Él estaba ahí y al menor movimiento, al menor grito, yo estaba condenado...

Luego, un golpe violento sacudió la casa, seguido de otros pequeños golpes dados de dos en dos o tres en tres, parecidos a los ruidos de un martillo que cae sobre puntas y que rebota. O eso era lo que yo me imaginaba en la confusión de mi cabeza. Otros ruidos se mezclaron, dándome a entender que los intrusos no tenían preocupación alguna por ser interrumpidos, puesto que operaban con total seguridad.

Y tenían razón. No me movía. ¿Era cobardía? No, más bien debilidad, shock, una impotencia que colmaba mi cuerpo, impidiéndome mover un solo músculo. Había también un dejo de prudencia, porque, a fin de cuentas, ¿para qué luchar? Detrás de aquel hombre había otros diez que acudirían a su llamada. ¿Iba a arriesgar mi vida para salvar algunos tapices y baratijas?

Mi tortura duró toda la noche. Un suplicio intolerable, una angustia terrible. Los ruidos habían cesado, pero yo seguía aterrorizado, a la espera de que volviesen a empezar de nuevo. ¡Y aquel hombre! El hombre que me vigilaba con el arma en mano… Mi mirada espantada no se apartaba de él. Mi corazón latía acelerado y el sudor brotaba de mí sin parar.

De pronto, me invadió una inmensa sensación de alivio: el camión del lechero, con su sonido inconfundible, pasó por el boulevard y, al mismo tiempo, tuve la impresión de que un día nuevo se asomaba entre las persianas cerradas, filtrando su luz por todas las ranuras.

La luz del día penetró en mi dormitorio. Otros coches comenzaban a circular en la calle, y con los sonidos de la mañana, los fantasmas de la noche se desvanecieron.

Entonces saqué un brazo fuera de la cama, lentamente, con mucho cuidado. Frente a mí nada se movió. Clavé mis ojos en el pliegue de la cortina, en el lugar exacto en donde debía disparar. Calculé en mi mente los movimientos que debía ejecutar y rápidamente, empuñando mi revólver, disparé.

Salté fuera de la cama con un grito de liberación y corrí a la cortina. La tela estaba perforada y el vidrio, agujereado. En cuanto al hombre, no lo había herido, por la sencilla razón de que no había nadie ahí. ¡Nadie! Yo había permanecido toda la noche hipnotizado por un pliegue de la cortina. Y durante todo ese tiempo los malhechores… Rabiosamente, con un impulso que nada hubiera podido detener, di vuelta a la llave en la cerradura, abrí la puerta, crucé la antecámara, abrí la otra puerta y entré en la biblioteca. Pero la estupefacción me detuvo, dejándome clavado en el umbral, aturdido, resoplando, más sorprendido todavía de lo que había quedado al comprobar la ausencia del individuo. Todas las cosas que yo suponía robadas: muebles, tapices, libros, cuadros, todo estaba en su lugar.

Era un espectáculo incomprensible. No podía creer lo que veía. Pero ¿y aquel estrépito, aquellos ruidos como de mudanza? Recorrí la estancia, inspeccioné las paredes, hice un inventario mental de todos los objetos familiares. No faltaba nada. Y lo que más me desconcertaba era que tampoco había señales de intrusos. Ningún indicio, ni una silla fuera de su lugar, ninguna huella.

"Bueno, vamos —me dije, agarrándome la cabeza con ambas manos—. Ciertamente no estoy loco. Yo oí esos ruidos…".

Examiné minuciosamente la biblioteca centímetro por centímetro, pero fue en vano. A menos que pudiese considerar lo siguiente como un descubrimiento: Abajo de una pequeña alfombra persa, tirado en el suelo, encontré un naipe. Era un siete de corazones, completamente ordinario, igual a todos los sietes de corazones de los juegos de cartas francesas, con un único detalle distintivo… La punta de cada una de los siete corazones rojos estaba perforada. La forma de agujero redondo y regular que hubiera podido practicarse con la punta de un punzón.

Eso era todo. Un naipe y una carta encontrada dentro de un libro. ¿Acaso era suficiente para probar que había sido más que un sueño?

Durante todo el día proseguí mis investigaciones en la biblioteca. Era una habitación grande, desproporcionada con la pequeñez de mi casa, cuya decoración atestiguaba al extraño gusto de quien la había concebido. El piso era un mosaico de piedras multicolores acomodadas en diseños geométricos. Las paredes estaban cubiertas con mosaicos similares, dispuestos en paneles: alegorías de Pompeya, composiciones bizantinas, frescos de la Edad Media. Un Baco a horcajadas sobre un barril. Un emperador con una corona de oro y barba larga sosteniendo una espada en la mano derecha.

En lo alto, un poco a la manera de un taller de artista, se abría la única y amplia ventana. Esta ventana, que estaba siempre abierta durante la noche, probablemente haya sido el punto de entrada por donde los hombres habían ingresado con ayuda de una escalera. Pero, de nuevo, no había evidencia alguna ahí de ningún intruso. El pie de la escalera hubiera dejado huellas sobre la tierra, junto a la ventana, en el patio, pero no había ninguna. Tampoco había huellas en el pasto del jardín ni en el baldío vecino.

Confieso que no tenía intención de acudir a la Policía, porque hubiera tenido que exponer ante ellos una recopilación de hechos que resultaban absurdos e inconsistentes. Se hubieran burlado de mí. Sin embargo, en ese entonces yo era reportero en el *Gil Blas*, y decidí escribir una crónica extensa de mi aventura, que fue publicada dos días después. Si bien el artículo despertó cierto interés, nadie lo tomó muy en serio. Lo consideraban no tanto un relato de hechos reales sino más bien una pieza de ficción. Los Saint-Martin me burlaron por la crónica, pero Daspry, que tenía interés real en estos asuntos, vino a verme, hizo que le relatara en detalle lo sucedido, pero no pudo ofrecer una explicación para todo ese asunto.

Al cabo de algunos días, por la mañana, sonó el timbre y Antonio vino a comunicarme que había un señor que deseaba hablarme. No había querido dar su nombre. Le indiqué que lo hiciera subir. Era un hombre de unos cuarenta años, muy corpulento, de rostro intenso, cuya vestimenta muy elegante, pero algo desgastada, revelaba una preocupación por la apariencia y el buen gusto que contrastaba con sus procederes más bien ordinarios. Sin preámbulo me dijo, con voz ronca y con un acento que me confirmaba la situación social del individuo:

–Señor, estando en un café, me encontré con una copia del *Gil Blas* y leí su artículo. Me ha interesado mucho.

–Se lo agradezco.

–Y por eso he venido.

–¡Ah!

–Sí, para hablar con usted. ¿Los hechos que usted publicó son reales?

–Absolutamente.

–En ese caso, quizá yo tenga algo de información para proporcionarle.

–Muy bien, lo escucho.

–No.

–¿Cómo no?

–Antes de hablar es preciso que yo compruebe si los hechos son exactamente como usted ha dicho.

–Ya le di mi palabra. ¿Para qué necesitaría comprobarlos?

–Necesito quedarme a solas en esta biblioteca.

–No comprendo.–Lo miré, sorprendido.

–Es una idea que se me ha ocurrido al leer su artículo. Ciertos detalles establecen una coincidencia extraordinaria con otro caso que llegó a mis manos. Si me equivoco, no diré nada más. Y la única forma de saberlo a ciencia cierta es que yo me quede solo en esta biblioteca.

¿Qué se ocultaba bajo semejante propuesta? Más tarde me di cuenta de que, al formularla, el hombre tenía un aire inquieto. Pero, en ese momento, aunque un tanto sorprendido, no encontré nada de particularmente anormal en su exigencia. Y, además, había despertado mi curiosidad.

Respondí entonces:

Muy bien. ¿Cuánto tiempo necesita?

—¡Oh! Tres minutos, no más. De aquí a tres minutos iré a reunirme con usted.

Salí de la biblioteca. Una vez abajo, saqué mi reloj. Pasó un minuto. Dos minutos... ¿Por qué me sentía deprimido? ¿Por qué aquellos instantes me parecieron tan solemnes y extraños? Dos minutos y medio... Dos minutos y tres cuartos... Y, de pronto, sonó un disparo.

Subí los escalones a zancadas y entré. Grité horrorizado.

En medio de la sala estaba ese hombre, inmóvil, tendido sobre su costado izquierdo. La sangre emanaba de una herida en su sien Cerca de su mano, un revólver humeante.

Estaba muerto.

Pero, además de este espectáculo del horror, había algo más, algo que cautivó mi atención A dos pasos de él, caído en el suelo, había un siete de corazones. Lo junté. Las siete puntas de los siete corazones estaban agujereadas.

Media hora después llegó el comisario de Policía de Neuilly, y luego, el médico forense, y en seguida el jefe de Seguridad, el señor Dudouis. Yo había tenido cuidado de no tocar el cadáver. La investigación preliminar fue breve, y no se descubrió nada, o muy poca cosa. En los bolsillos del muerto no había documentos ni papeles, en su ropa ningún nombre o etiquetas, y en su ropa interior ninguna inicial. En síntesis, ni un solo indicio capaz de revelar su identidad. La biblioteca estaba en el mismo estado de orden que antes. Los muebles no habían sido movidos. Pero difícilmente uno podía creer que este hombre había decidido venir a matarse a mi casa por resultarle conveniente. Debía haber un motivo detrás de ese acto desesperado y que el motivo por sí mismo fuese el resultado de un hecho nuevo, comprobado por él en el curso de los tres minutos que había pasado solo.

¿Qué hecho era ese? ¿Qué había visto él? ¿Qué secreto espantoso había descubierto? No había respuesta a estas preguntas. Pero, en el último minuto, se produjo un incidente que nos pareció muy importante. En el momento en que dos agentes se agachaban para levantar el cadáver y llevarlo sobre una camilla, movieron la mano izquierda del hombre, que hasta entonces había permanecido cerrada en un puño. De ella cayó una tarjeta toda arrugada.

Esa tarjeta decía: Jorge Andermatt, calle De Berry 37.

¿Qué significaba esto? Jorge Andermatt era un importante banquero de París, fundador y presidente de *Comptoir des métaux*, una gran fábrica de metales que ha dado impulso a las industrias metálicas de Francia. Vivía en grande, tenía múltiples automóviles, incluso deportivos, y una cuadra de caballos de carrera. Sus fiestas eran muy concurridas y se comentaba que la señora de Andermatt siempre era el centro de la noche, la encarnación de la elegancia y la belleza.

—¿Sería ese el nombre del muerto? —murmuré yo.

El jefe de Seguridad se inclinó sobre el cadáver y dijo:

—Este no es él. El señor Andermatt es un hombre delgado y con los cabellos un poco grisáceos.

—¿Y entonces, por qué esta tarjeta?

—¿Tiene usted teléfono, señor?

—Sí, está en el vestíbulo. Sígame.

Buscó en la guía telefónica y pidió el número 415- 21

—¿Está en casa el señor Andermatt? Haga el favor de decirle que el señor Dudouis le ruega que venga a toda prisa al número 102 del boulevard Maillot. Es urgente.

Veinte minutos después, el señor Andermatt bajaba de su automóvil. Se le explicaron las circunstancias y luego fue llevado ante el cadáver.

Experimentó un segundo de emoción que suprimió de inmediato, y en voz baja, como hablando contra su voluntad, dijo:

—Es Esteban Varin.

—¿Lo conocía?

—No. Quiero decir sí, pero solamente de vista. Su hermano...

—¿Tiene un hermano?

—Sí, Alfredo Varin. Su hermano vino en cierta época a verme por negocios... No recuerdo los detalles.

—¿En dónde vive?

—Los dos hermanos vivían juntos, en la calle Provence, creo.

¿Conoce algún motivo que pudiera tener este hombre para suicidarse?

—No.

—Lo único que tenía era esta tarjeta. Es su tarjeta personal, con su dirección.

—No lo entiendo. No es más que una casualidad, la investigación seguro lo resolverá.

Una casualidad, en todo caso, muy curiosa, pensaba yo, y comprendí que todos teníamos la misma impresión.

Y esa misma impresión volví a sentirla leyendo los periódicos del día siguiente, y de nuevo, cada vez que hablé de lo sucedido con mis amigos. En medio de la niebla que envolvía todo, después del doble descubrimiento tan desconcertante de aquellos siete de corazones siete veces agujereados, después de los dos acontecimientos tan enigmáticos que habían tenido lugar en mi casa, esa tarjeta parecía ser la promesa de un poco de luz. Por ella se llegaría a la verdad. Pero, contrariamente a todas las previsiones, el señor Andermatt no proporcionó ninguna explicación. Simplemente dijo:

—Yo ya he dicho todo lo que sé. ¿Qué más quieren? Me sorprende enormemente que mi tarjeta haya sido encontrada en ese lugar, y sinceramente espero que ese punto quede aclarado.

Pero no fue así. La investigación oficial estableció que los hermanos Varin, de origen suizo, habían llevado una vida muy agitada bajo distintos nombres. Frecuentaban casas de juego y mantenían relaciones con toda una banda de extranjeros, que ya estaban bajo la mira de la Policía y que se había dispersado después de una serie de robos en los cuales la participación de los hermanos no fue comprobada sino por su escape. En el número 24 de la calle Provence, donde los hermanos Varin habían vivido seis años atrás, los residentes actuales ignoraban qué había sido de ellos.

Confieso que, por mi parte, este asunto me parecía tan complicado, que no creía en la posibilidad de una respuesta para mi incógnita y decidí no esperarla más. Pero, por el contrario, Juan Daspry, a quien vi muy a menudo en esa época, se apasionaba por el caso cada día más. Fue él quien me mostró esta nota publicada en un periódico extranjero y que toda la prensa reproducía y comentaba:

"La primera prueba de un nuevo modelo de submarino, que se espera que revolucione las condiciones a futuro de la guerra naval, se llevará a cabo en presencia del antiguo emperador, en una locación que permanecerá secreta hasta el último minuto. Una indiscreción ha dado a conocer su nombre: Se llamará el Siete de Corazones".

¡El Siete de Corazones! Eso presentaba un nuevo problema ¿Podía establecerse un vínculo entre ese submarino y los incidentes de los que hemos hablado? Pero, ¿una relación de qué naturaleza? Lo que estaba pasando no podía de ninguna manera vincularse al submarino.

—¿Qué sabes tú? —me decía Daspry—. Los efectos más dispares provienen a menudo de una causa única.

Dos días después nos llegó otra noticia de un diario extranjero que decía:

"Se afirma que los planos del Siete de Corazones, han sido ejecutados por ingenieros franceses, que, habiendo solicitado en vano la ayuda de sus compatriotas, buscaron, sin mayor éxito, el apoyo del Ministerio de la Marina Inglesa. Damos estas noticias con la mayor reserva".

No busco echarle leña a hechos de naturaleza tan delicada, que provocaron un gran revuelo. No obstante, puesto que todo peligro de complicación ha sido eliminado ya, debo hablar del artículo publicado por el *Echo de France*, que entonces causó tanta conmoción y que dio cierta claridad sobre el asunto de los Siete de Corazones, como lo llamaban. Este es el artículo, tal y como apareció bajo la firma de Salvador:

El asunto de los "siete de corazones". Se levanta una punta del velo.

Seremos breves. Hace diez años, un joven ingeniero de minas, Luis Lacombe, deseoso de ocupar su tiempo y su fortuna a los estudios que realizaba, presentó su renuncia y alquiló, en el número 102 del boulevard Maillot, una pequeña casa que un conde italiano había hecho construir y decorar recientemente. Por intermedio de dos individuos, los hermanos Varin, de Lausana, uno de los cuales le ayudaba en sus experimentos y el otro que hacía de agente financiero, entró en relaciones con el señor Jorge Andermatt, quien acababa de fundar las fábricas de Metales.

"Después de varias entrevistas, logró interesar al banquero en un proyecto de submarino en el cual se encontraba trabajando, y quedó acordado que, una vez listo el invento, el señor Andermatt utilizaría su influencia con el Ministerio de Marina para conseguir una serie de pruebas bajo dirección gubernamental. Durante dos años, Luis Lacombe frecuentó asiduamente la casa del señor Andermatt y le presentó al banquero los perfeccionamientos que fue haciendo a su proyecto, hasta el día en que, ya considerándose satisfecho él mismo de su, trabajo, le solicitó a Andermatt que se pusiera en contacto con el Ministerio de Marina.

"Ese día, Luis Lacombe cenó en casa de los Andermatt. Salió de la casa a eso de las once y media de la noche. Esa fue la última vez que se supo de él.

"Leyendo los periódicos de la época se vería que la familia de aquel joven buscó por cielo y tierra, avisó a la Policía, y que temió por el joven. Se realizó una investigación, pero no se llegó a ningún resultado, y, al final, la opinión general dice que Luis Lacombe, que tenía fama de muchacho original y fantástico, había salido de viaje sin avisarle a nadie.

"Aceptemos momentáneamente esa hipótesis… por más improbable que sea. Pero se plantea una pregunta de importancia sustancial para nuestro país: ¿qué se hizo de los planos del submarino? ¿Se los llevó consigo Luis Lacombe? ¿Fueron destruidos?

"Después de llevar a cabo una investigación meticulosa, hemos concluido que esos planos existen y se encuentran en posesión de los hermanos Varin. ¿Cómo?, nosotros no hemos podido determinarlo aún, al igual que tampoco sabemos por qué no trataron de venderlos antes. ¿Acaso temían que se les cuestionara su derecho sobre los planos? En todo caso, ese temor no ha persistido y con toda certidumbre podemos afirmar esto: los planos de Luis Lacombe son ahora propiedad de una potencia extranjera y estamos en condiciones de publicar la correspondencia intercambiada a este propósito entre los hermanos Varin y el representante de esa potencia. Actualmente, el Siete de Corazones diseñado por Luis Lacombe es llevado a la realidad por nuestros vecinos.

"¿La realidad responderá a las previsiones optimistas de aquellos que han estado mezclados en esta traición? Nosotros tenemos razones para esperar lo contrario".

Y una posdata añadía:

"ULTIMA HORA

"Nuestras fuentes nos permiten anunciar que las pruebas preliminares del Siete de Corazones no han sido satisfactorias. Es probable que los planos entregados por los hermanos Varin no incluyeran el último documento presentado por Luis Lacombe al señor Andermatt la noche de su desaparición, documento indispensable para la comprensión total del proyecto, especie de resumen en el que se encuentran las conclusiones definitivas, los cálculos y las medidas contenidas en los otros papeles. Sin ese documento, los planos se encuentran incompletos y, sin los planos, dicho documento resulta inútil.

"Es momento de actuar y de recuperar lo que nos pertenece. Será una tarea difícil pero para eso solicitamos la asistencia del señor Andermatt. Será de su interés explicar la conducta inexplicable que ha tenido desde un principio. Deberá decir no solamente por qué no ha contado lo que sabía en el momento del suicidio de Esteban Varin, sino también por qué no ha revelado nunca la desaparición de los papeles —hecho del que él tenía conocimiento—. Deberá decir por qué, desde hace seis años, mandaba vigilar a los hermanos Varin por espías a sueldo.

"Esperamos de él no palabras, sino actos. Inmediatamente. De lo contrario—".

La amenaza era brutal. Pero, ¿en qué consistía? ¿Qué conocimiento lo poseía Salvador, autor anónimo del artículo, para emplear como medio de intimación sobre el señor Andermatt?

Una nube de reporteros asedió al banquero y diez entrevistas con él expresaron el desdén con el cual él había respondido a aquel emplazamiento. Visto lo cual, el *Echo de France* respondió con tres líneas:

"Ya sea que el señor Andermatt lo quiera o no, él es desde ahora nuestro colaborador en la obra que nosotros emprendemos".

El día en que apareció este anuncio, Daspry y yo cenamos juntos. Esa noche, con los periódicos colocados sobre mi mesa, discutimos el asunto y lo examinamos bajo todos los puntos de vista con la exasperación de una persona que camina en la oscuridad y se encuentra chocando con obstáculos a cada paso. Y de pronto, sin que mi sirviente me hubiera avisado, sin que el timbre de la puerta hubiera sonado, la puerta se abrió y entró una dama cubierta con un velo opaco.

Me levanté al instante y avancé hacia ella. Entonces me dijo:

—¿Es usted, señor, quien vive aquí?.

—Sí, señora; pero debo decir que no comprendo...

—La puerta de la reja que da al boulevard no estaba cerrada —explicó.

—Pero ¿y la puerta del vestíbulo?

Ella no respondió, y yo pensé que seguramente había dado la vuelta por la escalera de servicio. ¿Cómo conocía el camino? Hubo un silencio un tanto embarazoso. Ella miró a Daspry. Contra mi voluntad, se lo presenté. Luego le rogué que se sentara y que me explicase el motivo de su visita. Se levantó el velo y vi que era de cabello castaño, de rasgos regulares y, aunque no era bella, era atractiva, sobre todo por sus ojos, unos ojos profundos y tristes.

Dijo sencillamente:

—Soy la señora Andermatt.

—¡Señora Andermatt! —repetí yo, sorprendido.

Un nuevo silencio, y luego ella prosiguió con voz serena y un aire completamente tranquilo:

—Vengo por el asunto de... que usted sabe. Creí que yo podría quizá obtener de usted cierta información...

—¡Dios mío, señora! Yo no sé más que lo que ha sido publicado en los periódicos. Pero si usted me indica en qué puedo ayudarla, estaré encantado de intentarlo.

—Yo no, no lo sé, no lo sé...

Sólo entonces tuve la intuición de que su calma era ficticia y que, bajo aquel aire de entera seguridad, se ocultaba una gran consternación. Y nos callamos, sintiéndonos incómodos. Pero Daspry, que había estado escuchando, se acercó y le dijo:

–¿Quiere usted, señora, permitirme el hacerle algunas preguntas?

–Sí, sí –exclamó ella–; yo le contestaré.

–¿Usted contestará…, sean cuales sean esas preguntas?

–Cualesquiera que sean las preguntas.

Él reflexionó, y luego dijo:

–¿Conocía usted a Luis Lacombe?

–Sí, lo conocía por mi marido.

–¿Cuándo lo vio usted por última vez?

–La noche que cenó en nuestra casa.

–Y esa noche, ¿hubo algún indicio, algo que la llevara a pensar que no lo vería nunca más?

–No. Había hecho alusión a un viaje a Rusia, pero de una forma muy vaga.

–Entonces, ¿contaba usted con volver a verle?

–Sí, habíamos quedado en verlo dos días después para cenar de nuevo.

–¿Cómo explicaría usted esa desaparición?

–Yo no le encuentro explicación.

–¿Y el señor Andermatt?

–No lo sé.

–Sin embargo, el artículo publicado en el *Echo de France*…

–Lo que parece decir es que los hermanos Varin tuvieron algo que ver con su desaparición.

–¿Esa es su opinión?

–Sí.

–¿En qué se basa para creer eso?

–Cuando se despidió de nosotros, Luis Lacombe llevaba consigo un portafolio de documentos que contenía todos los papeles relativos a su proyecto. Dos días después se celebró una entrevista entre mi marido y uno de los hermanos Varin, el que vive, en el curso de la cual mi marido adquirió pruebas de que esos papeles estaban en poder de los dos hermanos.

—¿Y él no los denunció?

—No.

—¿Por qué?

—Porque en el portafolio había otra cosa, además de los papeles de Luis Lacombe.

—¿Qué cosa?

Ella dudó, estuvo luego a punto de responder, pero finalmente guardó silencio.

Daspry continuó:

—Asumo que este es el motivo por el cual su marido hacía vigilar a los dos hermanos en lugar de denunciarlos a la Policía. Esperaba a la vez recuperar los papeles y esa cosa… comprometedora gracias a la cual los dos hermanos ejercían sobre él una especie de chantaje.

—Sobre él y sobre mí.

—¡Ah! ¿Sobre usted también?

—Sobre mí, principalmente.

Ella pronunció esas palabras con voz sorda. Daspry la observaba, dio unos pasos y, volviéndose hacia ella, dijo:

—¿Usted le había escrito a Luis Lacombe?

—Por supuesto, mi marido tenía negocios con él.

—Aparte las cartas oficiales, ¿no le escribió usted a Lacombe… otras cartas? Perdone mi insistencia, pero es indispensable que yo sepa toda la verdad. ¿Le escribió usted otras cartas?

Ruborizándose, ella murmuró:

—Sí.

—¿Y son esas las cartas que los hermanos Varin tienen?

—Sí.

—¿El señor Andermatt lo sabe?

—Él no las ha visto, pero Alfredo Varin fue quien le reveló su existencia, amenazándolo con publicarlas si mi marido tomaba acciones contra ellos. Mi marido tiene miedo del escándalo.

—Pero él intentó recuperar esas cartas.

—Sí, eso creo, no lo sé. Verá usted, desde esa última entrevista con Alfredo Varin y después de algunas palabras muy violentas, de las cuales me hizo responsable, no hay confianza entre mi marido y yo. Vivimos como dos extraños.

—En ese caso, si a usted no le queda nada que perder, ¿qué teme?

—Por muy indiferente que yo haya pasado a ser para él, sigo siendo la mujer que él amó y que podría volver a amar... ¡Oh!, estoy segura de eso— murmuró ella con voz ardiente—; él me amaría si no se hubiera apoderado de esas malditas cartas...

—¿Cómo? ¿Acaso logró...? ¡Pero los dos hermanos igual lo desafiaban!.

—Sí, e incluso alardeaban, al parecer, de tener un escondite seguro.

—¿Entonces?

—Yo tengo motivos para creer que mi marido ha descubierto ese escondite.

—¡Ah! ¡Vamos! ¿Y dónde se encontraba ese escondite?

—Aquí.

Yo me estremecí, alarmado.

—¿Aquí?

—Sí, y yo lo había sospechado siempre. Luis Lacombe era un hombre muy ingenioso, un mecánico apasionado y se divertía en sus horas libres haciendo cajas de seguridad y cerraduras. Los hermanos Varin debieron de sorprenderlo y, en consecuencia, utilizaron uno de sus escondites para ocultar ahí las cartas..., y otras cosas también, quizás.

—Pero ellos no vivían aquí —exclamé yo.

—Previo a que usted se mudara, cuatro meses antes, la casa estuvo desocupada. Por lo tanto, es probable que ellos viniesen, y además pensaron que la presencia de usted no les molestaría en absoluto el día que necesitaran retirar todos sus papeles. Pero no contaban con mi marido, que la noche del veintidós de junio forzó la caja de seguridad y se apoderó de lo que buscaba, y dejó en su lugar su tarjeta personal para demostrarles a los dos hermanos que ya no tenía por qué temerles y que los roles se habían invertido. Dos días más tarde, advertido por el artículo del *Gil Blas*, Esteban Varin se presentó en su casa muy apurado, se quedó solo en la biblioteca, encontró la caja de seguridad vacía y se suicidó.

Después de un momento, Daspry preguntó:

—Una teoría muy sencilla. ¿El señor Andermatt habló con usted desde entonces?

—No.

—¿Su actitud con respecto a usted no ha cambiado? ¿No le ha parecido a usted más sombrío, más preocupado?

—No, no he notado ningún cambio.

—Y, sin embargo, usted cree que él encontró las cartas. Para mí, él no las tiene. Para mí, no fue él quien entró aquí en la noche del 22.

—Pero ¿quién, entonces?

—El personaje misterioso que maneja este asunto, que mueve todos los hilos en direcciones que no podemos ver; el regente de ese comando invisible y todopoderoso que hemos sentido desde el minuto uno. Fue él y sus amigos quienes entraron en esta casa el veintidós de junio, fue él quien descubrió el escondite; fue él quien dejó la tarjeta del señor Andermatt y es él quien tiene en su poder la correspondencia y las pruebas de la traición de los hermanos Varin.

—¿Y quién es él? —interrumpí yo, no sin impaciencia.

—El corresponsal del *Echo de France*, ¡caramba! Ese Salvador. ¿No hay acaso evidencia irrefutable de eso? ¿No da en su artículo detalles que solamente puede conocer el hombre que ha penetrado los secretos de los dos hermanos?

—En ese caso —balbuceó la señora Andermatt aterrorizada—, él tiene mis cartas y es él quien amenaza a mi marido. ¿Qué puedo hacer, Dios mío?

—Escribirle —manifestó decididamente Daspry —; abrirse a él sin reservas. Contarle todo lo que usted sabe y todo lo que pueda averiguar. El interés de ambos es el mismo. Está claro que él actúa contra el hermano sobreviviente. No es contra el señor Andermatt que busca armas, sino contra Alfredo Varin. Ayúdelo usted.

—¿Y cómo?

—¿Su marido tiene ese documento que completa y permite utilizar los planos de Luis Lacombe?

—Sí.

—Cuéntele eso a Salvador. Y si fuera posible, trate de conseguirle ese documento. Póngase en contacto con él. ¿Qué tiene que perder? Inténtelo.

El consejo era osado, incluso peligroso a primera vista; pero la señora Andermatt no tenía elección. Además, como había dicho Daspry, ¿qué tenía que perder? Si el desconocido era un enemigo, no agravaría la situación. Si el extraño perseguía un objetivo particular, les daría a esas cartas una importancia secundaria. Cualquiera fuera el caso, era una idea, la única que la señora Andermatt, tenía, y en su desconcierto, ella se sintió feliz de seguirla. Nos dio las gracias efusivamente y prometió mantenernos al tanto de lo que sucediera.

A los dos días, cumpliendo a su palabra, nos envió esta nota que había recibido en respuesta a su contacto con Salvador:

"Las cartas no estaban ahí, pero las conseguiré, quédese tranquila. Estoy vigilando todo.–.S".

Tomé el papel. Era la misma escritura de la nota que había sido introducida en el libro de mi mesa de luz la noche del 22 de junio.

Daspry tenía razón. Salvador era, sin duda, el arquitecto de todo este asunto.

Por fin empezábamos a ver una luz al final del túnel que era esa oscuridad a nuestro alrededor y ciertos puntos se aclaraban bajo esa luz inesperada. Pero ¿cuántos otros puntos quedaban todavía oscuros? Uno de ellos era el descubrimiento de los dos naipes de siete de corazones. Quizás era un detalle que me llamaba la atención más de lo que debería, pero siempre acababa pensando en esos dos naipes, con sus siete pequeñas figuras perforadas, que habían aparecido ante mí en circunstancias tan perturbadoras. ¿Qué papel jugaban esos naipes en el drama? ¿Qué importancia tenían? ¿Qué conclusiones debían sacarse del hecho de que el submarino construido conforme a los planos de Luis Lacombe llevase el nombre de Siete de Corazones?

Daspry, por su parte, no le dedicó tiempo a esos naipes y se entregó enteramente a otro problema cuya solución le parecía más, urgente: buscaba incansablemente el famoso escondite.

–Y quién sabe –decía él– quizás encuentre las cartas que Salvador no encontró… por inadvertencia, quizá. Es poco probable que los hermanos Varin las hayan movido de un lugar que ellos creían inaccesible, puesto que eran un arma invaluable para ellos.

Y buscaba sin parar. En poco tiempo, la gran biblioteca ya no guardaba secretos para él, por lo que extendió sus investigaciones a otras habitaciones de la casa. Examinó el interior y el exterior, las piedras de los cimientos, los ladrillos de las paredes, levantó las tejas del techo.

Un día llegó con una pica y una pala, me dio la pala, se quedó con la pica, señalando al baldío de al lado, y me dijo:

—Vamos.

Yo lo seguí de mala gana. Dividió el terreno en varias secciones y las inspeccionó una tras otra. Finalmente, en un rincón, en el ángulo que formaban los muros de dos propiedades vecinas, una pila de tierra y escombros cubierta de raíces y hierbas llamó su atención. Lo atacó sin más. Tuve que ayudarlo. Durante una hora, trabajamos a pleno sol, inútilmente. Comencé a desanimarme, pero Daspry me impulsó a seguir, su fervor tan intenso como al inicio.

Cuando llegamos a la tierra, la pica de Daspry desenterró un esqueleto, que aún tenía restos de ropa colgando. Me puse pálido como el papel. Descubrí, metida en la tierra una plaquita de hierro rectangular, en la que me pareció ver unas manchas rojas. Me agaché y la tomé. La placa tenía las dimensiones exactas de un naipe de juego, y las manchas rojas, eran de pintura de plomo, ubicadas como los siete corazones de los naipes, agujereados cada uno en las puntas.

—Escucha, Daspry, ya tengo suficiente de todas estas historias. Puedes quedarte si te interesa, pero yo me voy.

¿Eran los nervios? ¿Era el cansancio después de una hora de trabajo bajo un sol demasiado fuerte? El caso es que me bamboleaba cuando me fui y tuve que meterme en la cama donde permanecí cuarenta y ocho horas febril e inquieto, asechado por esqueletos que bailaban a mi alrededor y que arrojaban corazones sangrantes a mi cabeza.

Daspry fue un devoto. Vino a mi casa a diario durante tres o cuatro horas, que pasó en la biblioteca, hurgando, golpeteando.

—Las cartas están en esta biblioteca —venía a decirme de tiempo en tiempo—. Están acá. Apostaría mi vida a eso.

En la mañana del tercer día me levanté, aún débil, pero ya curado. Un buen desayuno me levantó el ánimo. Pero fue una carta que recibí esa tarde, más que cualquier otra cosa, que hizo que me recompusiera, despertando mi curiosidad. La carta era la siguiente:

"Señor:

El drama cuyo primer acto aconteció en la noche del 22 de junio se acerca a su desenlace. La propia fuerza de las circunstancias me exige que traiga cara a cara a los dos principales personajes de este drama y quisiera que esta con frontación tenga lugar en su casa, por lo que le estaría infinitamente agradecido si me prestara su domicilio para la noche de hoy a las nueve. Sería oportuno que le diera la noche libre a su sirviente; también sería preferible que usted mismo tuviera la amabilidad de dejar el campo libre a los adversarios. Recordará, sin duda, que cuando lo visité en la noche del 22 de junio, fui muy cuidadoso con su propiedad. Creo que estaría cometiendo una ofensa contra su persona si dudara aunque sea por un instante de su absoluta discreción con respecto a este asunto.

Suyo,

Salvador".

Me maravilló el tono de aquella carta, simpático, educado pero con un dejo caprichoso en su demanda. Era una encantadora muestra de seguridad y franqueza la de mi corresponsal, enteramente confiado en mi obediencia, y nada en el mundo me hubiera hecho engañarlo, decepcionarlo o responder a su confianza con ingratitud.

Le di una entrada para el teatro a mi sirviente, y a las ocho se había ido. Minutos después llegó Daspry. Le mostré la carta.

—¿Y bien? —me dijo

—Pues voy a dejar la puerta del jardín abierta para que puedan entrar.

—¿Y tú te marchas?

—¡De ninguna manera!

—Pero te pidió...

—Me pidió discreción. Y seré discreto. Pero he decidido que voy a ver lo que va a ocurrir.

Daspry soltó una carcajada.

—Tienes razón, y yo me quedo también. No me lo pienso perder.

El sonido del timbre nos interrumpió.

—¿Ya llegaron? —murmuró—. ¡Pero aún faltan veinte minutos para las nueve! ¡Increíble!

Abrí la mirilla de la puerta. Era la señora Andermatt. Parecía nerviosa, y balbuceó:

—Mi marido... va a venir...; lo citaron...; van a entregarle las cartas...

—¿Cómo sabe? —le pregunté.

—Por pura casualidad. Mi marido recibió un mensaje telefónico durante la cena. El mayordomo me lo entregó a mí por error. Mi marido lo tomó en seguida, pero ya lo había leído.

—¿Y qué decía?

—Decía algo como "Esta noche, a las nueve, acuda al boulevard Maillot con los documentos relacionados al asunto. A cambio recibirá las cartas". Así que aquí estoy.

–¿Su marido no sabe que vino?

–No.

Daspry me miró.

–¿Qué piensas de esto?

–Yo pienso lo mismo que estás pensando tú: que el señor Andermatt es uno de los adversarios convocados.

–¿Pero con qué objetivo?

–Eso es lo que vamos a averiguar.

Los llevé a la biblioteca. Los tres podríamos escondernos cómodamente bajo la cortina aterciopelada de la chimenea y observar todo lo que iba a acontecer. La señora Andermatt se sentó entre nosotros dos.

El reloj sonó, marcando las nueve. Unos minutos más tarde, la puerta del jardín rechinó en sus bisagras. Confieso que estaba bastante agitado, ansioso de conocer la clave de este enigma. Los desconcertantes acontecimientos de las últimas semanas estaban a punto de ser explicados, y la batalla final iba a librarse nada más y nada menos que ante nuestros propios ojos. Daspry tomó la mano de la señora Andermatt y susurró:

–Ni una palabra, ni un movimiento. Oiga lo que oiga o vea lo que vea, permanezca impasible.

Alguien entró. Reconocí en seguida a Alfredo Varin, por su gran parecido con su hermano Esteban. La misma forma de andar pesada y el mismo rostro fúnebre cubierto por una barba negra.

Se adentró en la biblioteca con el aire inquieto de un hombre extraño, que se siente atemorizado ante las posibles emboscadas o trampas, como si las olfateara. Relojeó la habitación, y tuve la impresión de que esta chimenea disimulada por la cortina de terciopelo le disgustó. Avanzó tres pasos hacia nosotros, pero algo más llamó su atención, haciendo que reorientara su camino y se dirigiera hacia el mosaico del viejo rey con la barba florida blandiendo la espada. Lo examinó minuciosamente, subiéndose a una silla y siguiendo con un dedo el contorno de los hombros de la figura, palpando en ciertas partes de la imagen.

De un salto, bajo de la silla y se alejó del mosaico. Había escuchado el ruido de pasos acercándose. En el umbral apareció el señor Andermatt.

–¡Usted! ¡Usted! –dijo el banquero con sorpresa–. ¿Es usted quien me ha, convocado?

–¿Yo? Para nada –protestó Varin con voz ronca que me recordó la de su hermano–. Al contrario, fue *su* carta la que me hizo venir aquí.

–¿Mi carta?

–Una carta firmada por usted en la que me ofrecía…

–Yo no le he escrito a usted.

–¡Que usted no me ha escrito!

Instintivamente, Varin se puso en guardia, no contra el banquero, sino contra el enemigo desconocido que lo había atraído a esa trampa. Por segunda vez, sus ojos se volvieron hacia nuestro lado y rápidamente se dirigió hacia la puerta, pero el señor Andermatt le cerró el paso.

–¿A dónde cree que va, Varin?

–Hay algo de todo esto que no me agrada. Me voy. Buenas noches.

–Un momento.

–No insista, señor Andermatt, no tengo nada que decirle.

–Pero yo sí tengo algo que decirle a usted. Y es momento de decirlo.

–Déjeme pasar.

–No, de aquí no se va.

Varin retrocedió, intimidado por la resuelta actitud del banquero, y masculló:

—Entonces, ya, hablemos y acabemos rápido con todo esto.

Había algo que me sorprendía y, sin duda, mis dos compañeros de escondite experimentaban la misma decepción. ¿Por qué Salvador no estaba presente? ¿Acaso no era un participante necesario en este encuentro? ¿O creía suficiente enfrentar a esos dos y que la batalla se librara entre ellos solos? Me sentía desconcertado, decepcionado, por su ausencia, aunque el hecho de que se mantuviera al margen de este enfrentamiento, materializado por su voluntad, no le quitaba fuerza al drama desarrollándose delante de nuestros ojos.

Después de un momento, el señor Andermatt se acercó a Varin, y cara a cara, le dijo:

—Ahora, habiendo pasado tantos años y teniendo usted ya nada que temer, respóndame francamente, Varin: ¿qué ha hecho usted de Luis Lacombe?

—¡Vaya una pregunta! Como si yo supiera algo de él.

—¡Usted lo sabe! ¡Sí, lo sabe! Su hermano y usted eran su sombra, constantemente a su lado, casi vivían en esta casa con él. Estaban al tanto de sus trabajos, de todos sus proyectos. Y la última noche que lo vi, Varin, cuando acompañé a Luis Lacombe hasta la puerta de mi casa, había dos hombres ocultándose entre los árboles, en las sombras. Esto estoy dispuesto a jurarlo.

—¿Y qué tiene que ver eso conmigo?

—Esos hombres eran su hermano y usted, Varin.

—Pruébelo.

—La mejor prueba es que dos días después usted mismo me mostraba los papeles y los planos que le habían robado a

Lacombe, intentando vendérmelos. ¿Cómo explica que esos papeles estuvieran en su poder?

—Ya se lo dije, señor Andermatt; nosotros los encontramos sobre la propia mesa de Luis Lacombe a la mañana siguiente, después de su desaparición.

—Eso no es cierto.

—Pruébelo.

—La justicia hubiera podido probarlo.

—¿Por qué no se dirigió usted a la justicia?

—¿Por qué? ¡Ah! Porque...

El banquero titubeó un segundo, y luego se calló, con una expresión sombría en su rostro.

—Señor Andermatt, usted sabe bien que si hubiera tenido la menor certeza de nuestra culpabilidad, nuestra pequeña amenaza no lo hubiera detenido.

—¿Qué amenaza? ¿Las cartas? ¿De verdad cree que me importan esas cartas?

—Si no le importan, ¿por qué, me ofreció miles de francos para recuperarlas? ¿Y por qué, desde entonces, nos ha hecho vigilar como bestias a mi hermano y a mí?

—Para recuperar los planos.

—¡Vamos! No era por eso. Era por las cartas. Una vez en posesión de las cartas, usted nos hubiera denunciado. Sin duda no podía entregárselas.

Lanzó una carcajada, que interrumpió súbitamente. Y dijo:

—Ya, basta de todo esto. Estamos yendo en círculos, sin resolver nada.

—No resolveremos nada entonces —dijo el banquero—. Y puesto que usted ha mencionado las cartas, déjeme decirle que no saldrá de esta casa sin que las haya devuelto.

—Yo saldré.

—No, no lo hará.

—Cuidado, señor Andermatt. Yo le aconsejo…

—Dije que no se irá.

—Eso está por verse —dijo Varin con semejante rabia, que la señora Andermatt soltó un quejido, temerosa. Varin debió oírla, pues intentó salir por la fuerza. El señor Andermatt lo contuvo violentamente. Entonces vi que deslizaba la mano en el bolsillo de su saco.

—Por última vez. Déjeme pasar.

—Primero las cartas.

Varin sacó un revólver y, apuntándole al señor Andermatt, exigió:

—¿Sí o no?

El banquero se agachó rápidamente. Se escuchó un disparo. El arma cayó al suelo. Quedé atónito. El disparo se había originado de junto a mí, fue Daspry quien le había disparado a Alfredo Varin. Y, en un segundo, estaba parado entre los dos hombres, miró a Varin, y le dijo, con tono burlón:

—Tiene suerte, amigo, mucha suerte. Le disparé a su mano, y solo le di al revolver.

Los dos adversarios lo contemplaban inmóviles y confusos. Le dijo al banquero:

—Me perdonará usted, señor, el haberme entrometido en esto que no es de mi incumbencia. Pero, verdaderamente, usted juega muy mal. Permítame que sea yo quien tome los naipes.

Y volviéndose hacia Varin de nuevo, añadió:

—Ahora somos tú y yo, camarada, y juega limpio, te lo ruego. Se juegan corazones a la cabeza y yo juego el siete.

Y sostuvo ante Varin la placa de hierro con los siete puntos rojos marcados. La cara de Varin mostraba su desconcierto. Lívido, con la mirada fija en lo que tenía delante, descompuesto de angustia, el hombre parecía hipnotizado.

—¿Quién es usted? —musitó.

—Ya lo he dicho: un señor que se mete en lo que no le incumbe... que se mete a fondo.

—¿Qué quiere usted?

—Lo que trajiste aquí esta noche.

—No traje nada.

—Sí, lo hiciste, o no hubieras venido. Esta mañana recibiste un mensaje solicitando que estuvieras aquí a las nueve y que trajeras todos los papeles que tienes en tu poder. Y aquí estás. ¿Dónde están los papeles?

En la voz y actitud de Daspry había un dejo autoritario que no lograba reconciliar con la imagen mi amigo, hombre que normalmente era tan conciliador y tranquilo. Ya absolutamente dominado, Varin señaló a uno de sus bolsillos, y dijo:

—Los papeles están aquí.

—¿Y están todos?

—Sí.

—¿Todos los que le robaste a Luis Lacombe y que le vendiste al comandante Von Lieben?

—Sí.

—¿Son las copias o los originales?

—Los originales.

—¿Cuánto quieres por ellos?

—Cien mil francos.

Daspry soltó una carcajada, y comentó:

—Tú estás loco. El comandante te dio apenas veinte mil francos. Dinero tirado al agua, teniendo en cuenta que las pruebas fracasaron.

—Es que no supieron utilizar los planos.

—No, es porque los planos están incompletos.

—Entonces, ¿por qué me los exige usted?

–Porque los quiero. Te ofrezco cinco mil francos. Ni un céntimo más.

–Diez mil. Ni un céntimo menos.

–De acuerdo– dijo Daspry girando en dirección al señor Andermatt–. El señor le firmará un cheque por ese monto.

–Pero... es que yo no tengo.

–¿Su talonario de cheques? Helo aquí.

Sorprendido, el señor Andermatt examinó el talonario que le tendía Daspry.

–Es mío... ¿Cómo es que...?

–Nada de palabras vanas, señor Andermatt. Si es usted tan amable, solo debe firmar.

El banquero sacó su plumón, confeccionó el cheque y firmó. Varin extendió la mano.

–Baja la mano– le dijo Daspry–. Aún no hemos acabado.

Y dirigiéndose al banquero, agregó:

–Usted quería unas cartas, ¿no es verdad?

–Sí, un paquete de cartas.

–¿Dónde están, Varin?

–Yo no las tengo.

–¿Dónde están, Varin? –repitió.

–No lo sé. Estaban a cargo de mi hermano.

–Están ocultas en esta estancia.

–En ese caso, usted sabrá dónde están.

–¿Cómo podría saberlo?

–¿No es usted quien encontró el escondite? Usted parece estar tan bien informado como... Salvador.

–Las cartas no están en el escondite.

–Sí están.

–Ábrelo.

Varin lanzó una mirada desafiante. ¿Acaso Daspry y Salvador– eran una misma persona? Todo parecía indicarlo.

Si era así, Varin no arriesgaría nada mostrando un escondite ya conocido.

–Ábrelo –repitió Daspry.

–No tengo el siete de corazones.

–Sí, aquí está –dijo Daspry, tendiéndole la placa de hierro.

Varin retrocedió aterrado, y exclamó:

–No, no. No lo haré...

–No importa...

Dijo Daspry mientras se dirigía hacia el mosaico del rey en la pared. Se subió a una silla y apoyó el siete de corazones en la parte baja de la espada, de forma tal que los bordes de la placa calzaban exactamente sobre los bordes de la espada. Luego, con la ayuda de un punzón que introdujo alternativamente en cada uno de los siete agujeros practicados en las extremidades de los siete puntos que marcaban los corazones, presionó sobre las siete piedrecitas del mosaico. Al presionar la séptima piedrecita, se sonó un click y todo el torso del rey se abrió, descubriendo una ancha abertura acondicionada como una caja fuerte, con revestimientos de hierro y acero.

–Como ves, Varin, la caja está vacía.

– En efecto... Entonces mi hermano debió sacar las cartas.

Daspry regresó cerca del hombre y le dijo:

–No juegues conmigo. Hay otro escondite. ¿Dónde está?

–No lo hay.

–¿Es dinero lo que quieres? ¿Cuánto?

–Diez mil.

–Señor Andermatt, ¿esas cartas valen diez mil francos para usted?

–Sí –respondió el banquero con fuerte voz.

Varin cerró la caja, tomó el siete de corazones, con visible repugnancia, y lo apoyó exactamente en el mismo sitio de antes. Sucesivamente, hundió el punzón en las extremidades de los siete corazones. Se escuchó un nuevo click, pero esta vez, inesperadamente, solo una parte de la caja se abrió, descubriendo otra pequeña caja construida dentro de la puerta que cerraba la caja más grande. El paquete de cartas estaba ahí, atado con una cinta y sellado con lacre. Varin se lo entregó a Daspry, que preguntó:

–¿El cheque está listo, señor Andermatt?

–Sí.

–¿Y usted tiene también en su poder el último documento que poseía de Luis Lacombe, que completa los planos del submarino?

–Sí.

Se realizó el intercambio. Daspry metió en el bolsillo el documento y ambos cheques y entregó el paquete de cartas al señor Andermatt.

–Esto es lo que usted quería, señor.

El banquero dudó un momento, como si sintiera miedo de tocar aquellas cartas malditas que había buscado tanto. Luego, con ademán nervioso, las tomó. A mi lado escuché un gemido. Tomé la mano de la señora Andermatt. Estaba helada.

Daspry le dijo al banquero:

–Creo, señor, qué nuestro intercambio ha concluido. ¡Oh! Y nada de agradecimientos, se lo suplico. Ha sido solamente por casualidad que he podido serle útil. Buenas noches.

El señor Andermatt se retiró con las cartas de su esposa a Luis Lacombe.

–Maravilloso –exclamó Daspry, encantado–. Todo está saliendo bien. Ya no nos queda más que echar el cierre a nuestro asunto, camarada. ¿Tienes los papeles?

–Aquí están todos.

Daspry los compulsó, los examinó atentamente y los metió en su bolsillo.

–Perfecto –dijo Daspry–; has mantenido tu palabra.

–Pero...

–Pero ¿qué?

–Los dos cheques, el dinero...

–¡Vaya! ¡Hay que tener cara! ¿Cómo te atreves a reclamarlo?

–Yo reclamo lo que se me debe.

–¿Crees que se te debe algo devolver unos papeles que tú has robado?

El individuo parecía estar fuera de sí. Temblaba de rabia y tenía los ojos inyectados de sangre.

–El dinero, los veinte mil... –tartamudeó.

–¡Imposible! Los necesito.

–¡El dinero!– gritó Varin con un puñal en la mano.

–Vamos, sé razonable. No te alteres que no te servirá de nada.

Daspry le torció el brazo tan brutalmente, que gritó de dolor, y agregó:

–Ahora vete. El aire te hará bien. ¿Quieres que te acompañe? ¡Ah, sí! Nos iremos juntos por el terreno baldío y te mostraré un montón de piedras bajo el cual...

–¡Eso no es cierto! ¡Eso no es cierto!

–Sí que es cierto. Esta pequeña placa de hierro con los siete puntos rojos viene de ahí. Luis Lacombe nunca se apartaba de ella. Tu hermano y tú la enterraron con el cadáver... y con otras cosas que le interesan enormemente a la justicia.

Varin se cubrió el rostro con sus manos, y dijo:

–De acuerdo. He perdido. No digas más. Solo déjame hacerte una pregunta. Quisiera saber...

–Te escucho.

–¿Había una cajita, en la caja fuerte?

–Sí.

–Cuando usted vino aquí en la noche del veintidós de junio, esa cajita ¿estaba ahí?

—Sí.

—¿Qué encontró adentro?

—Todo lo que los hermanos Varin habían guardado en ella... una colección de diamantes y perlas bastante bonita, robados aquí y allá por dichos hermanos.

—¿Y usted los tomó?

—¡Claro que si! ¿Quién no lo hubiera hecho?

—Entiendo... mi hermano se suicidó cuando vio que la cajita había desaparecido.

—Probablemente. La desaparición de su correspondencia con el comandante Von Lieben no hubiera sido motivo suficiente. Pero la desaparición de esa cajita... ¿Es eso todo lo que tenías que preguntarme?

—Y una cosa más: su nombre.

—Tú dices eso como si tuvieras la idea de tomar venganza.

—¡Pues claro! La suerte cambia. Hoy usted tiene la ventaja. Mañana...

—Serás tú.

—Eso espero. ¿Su nombre?

—Arsène Lupin.

—¡Arsène Lupin!

El individuo se tambaleó como si hubiera recibido un golpe aturdidor. Esas dos palabras lo habían despojado de toda esperanza.

Daspry se echó a reír.

—¡Ah, caramba! ¿Acaso te imaginabas que un señor Durand o un Dupont se hubiera imaginado un desarrollo de hechos como estos? ¡Vamos! Requerían de la destreza y el calibre de Arsène Lupin. Y ahora que ya sabes mi nombre, ve a preparar tu revancha. Arsène Lupin te estará esperando.

Y sin decir una palabra más, lo empujó por la puerta.

—¡Daspry! ¡Daspry! —grité, llamándolo todavía por el nombre bajo el cual yo lo había conocido. Corrí la cortina de terciopelo y él vino corriendo hacia mí.

—¿Qué? ¿Qué ocurre?

—La señora Andermatt está enferma.

Daspry se apresuró hacia ella y le hizo inhalar unas sales, pero al mismo tiempo que la atendía me interrogaba:

—¿Qué le pasó?

—Las cartas —le contesté yo—. Las cartas de Luis Lacombe que tú le entregaste a su marido.

Se dio una palmada en la frente.

—Y ella creyó que yo podría hacer eso... Pero, claro que ella podía haberlo creído. ¡Soy un imbécil!

La señora Andermatt se reanimó al escuchar esas palabras. Daspry sacó de su bolsillo un pequeño paquete parecido a aquel que se había llevado el señor Andermatt.

—He aquí sus cartas, señora. Estas son las verdaderas.

—Pero... ¿y las otras?

—Las otras son lo mismo que estas, pero reescritas cuidadosamente por mí anoche. Su marido nunca sospechará de una sustitución, pues él mismo vio cómo las retiramos de la caja fuerte, pero no encontrará nada objetable al leerlas. Puede estar usted tranquila.

—¿Y la escritura?

—No hay ninguna escritura que no pueda ser imitada.

Ella le dio las gracias con las mismas palabras que le dirigiría a alguien de su círculo social, y me di cuenta entonces de que ella no había escuchado las últimas palabras intercambiadas entre Varin y Arsène Lupin.

Yo había quedado enteramente sorprendido, sin saber bien qué decirle a ese antiguo amigo que ahora se me develaba con ese nombre. ¡Lupin! ¡Era Lupin! Mi amigo del club no era otro que Arsène Lupin. No lograba asimilarlo. Pero, él, con total tranquilidad, dijo:

–Puedes despedirte de Jean Daspry.

–¡Ah!

–Sí, Jean Daspry se va de viaje. Lo enviaré a Marruecos. Es posible que ahí encuentre un fin digno de él. Incluso diría que esa es su intención.

–Pero ¿Arsène Lupin se quedará con nosotros?

–¡Oh! Más que nunca. Arsène Lupin no está sino al comienzo de su carrera y espera que…

Un movimiento de curiosidad irresistible me lanzó hacia él y le llevé a cierta distancia de la señora Andermatt para decirle:

–Entonces, ¿tú acabaste por descubrir el segundo escondite, aquel donde se encontraban las cartas?

–Sí, pero fue muy difícil. Lo encontré recién ayer por la tarde, mientras tú dormías. Y Dios sabe lo fácil que era, pero las cosas más simples son en las que uno piensa siempre al último.

Mostrándome el siete de corazones, agregó:

–Yo ya había adivinado que para abrir la caja grande era necesario apoyar este naipe metálico contra la espada del rey de mosaico…

–¿Y cómo lo habías adivinado?

–Fácilmente. Por mis informes particulares, ya lo sabía al venir aquí el veintidós de junio por la noche…

–Después de haberte despedido de mí…

–Sí, y después de haberte puesto nervioso con nuestras conversaciones de crimen y robos, para asegurarme de que permanecieras en tu cama y poder trabajar ininterrumpidamente.

–El plan resultó a la perfección.

–Yo sabía, al venir aquí, que había una cajita escondida en una caja fuerte con una cerradura secreta, y que el siete de corazones era la llave, la clave de esa cerradura. No se trataba más que de colocar ese siete de corazones sobre un lugar que visiblemente le estuviera reservado. Me bastó una hora de examinación.

—¡Una hora!

—Observa al hombrecito del mosaico.

—¿El viejo emperador?

—El viejo emperador es la representación exacta del rey de corazones de todos los juegos de cartas. Es Carlomagno.

—En efecto… Pero ¿cómo es que el siete de corazones abre tanto la caja grande como la caja chica? Y además, ¿por qué sólo abriste, en primer lugar, la caja grande?

—¿Por qué? Pues porque siempre coloqué mi siete de corazones metálico en el mismo sentido. Y fue recién ayer cuando me di cuenta de que dándole la vuelta, es decir, invirtiendo la carta, la ubicación de los siete puntos cambiaba.

—¡Pues claro!

—Sí, claro, pero debía pensar en eso.

—Y otra cosa: tú ignorabas la historia de las cartas hasta que la señora Andermatt…

—¿Hasta que habló de ellas delante de mí? No, no sabía de ellas. No había descubierto en la caja fuerte nada más que la cajita con las joyas y la correspondencia de los dos hermanos, que me puso sobre la pista de su traición.

—En suma, ¿fue por casualidad que fuiste llevado, en primer lugar, a investigar a los hermanos y en segundo lugar a buscar los planos y los documentos del submarino?

—Pura casualidad.

—Pero, ¿cuál fue el motivo original que te llevó a buscar…?

Daspry me interrumpió, riendo:

—¡Dios mío! ¡Que interesado que estás en este asunto!

—Me resulta fascinante.

—Pues bien: dentro de unos momentos, cuando haya acompañado a la señora Andermatt a un coche y enviado al *Echo de France* la historia a publicar, regresaré y entonces te daré todos los detalles.

Se sentó y escribió uno de esos pequeños artículos sobrios que tanto le gustaban e intrigaban al público. ¿Quién no recuerda el eco que provocó ese artículo en el mundo entero?

"Arsène Lupin ha resuelto el problema recientemente planteado por Salvador. Luego de haber conseguido todos los documentos y planos originales del ingeniero Luis Lacombe, ha hecho que sean puestos en manos del ministro de Marina. Asimismo, ha abierto una suscripción con objeto de ofrecer al Estado el primer submarino construido con esos planos. Y él se ha puesto a la cabeza de esta suscripción con la suma de veinte mil francos".

—¿Los veinte mil francos de los cheques del señor Andermatt? —le dije yo cuando me hubo dado a leer su escrito.

—Exactamente. Es justo que Varin pague, literalmente, por su traición.

Y así fue como conocí a Arsène Lupin. Así fue como supe que Jean Daspry, camarada de mi círculo, no era otro que Arsène Lupin, caballero-ladrón. Así fue como afiancé un vínculo de amistad muy agradable con ese hombre tan famoso, y como, gracias a la confianza con la que me honra, yo me he convertido en su muy humilde, y fiel historiador.

La caja fuerte de la señora Imbert

A las tres de la madrugada había todavía una media docena de coches frente a una de las casitas que se encuentran a un lado del boulevard Berthier. La puerta de la casa se abrió y un grupo de invitados, tanto damas como caballeros, salió. La mayoría de ellos entró a sus coches y se marcharon, dejando atrás solo a dos hombres, que caminaron juntos hasta la esquina de la calle Courcelles y se despidieron, pues uno de ellos vivía ahí. El otro decidió regresar caminando hasta Porte-Maillot, dado que era una hermosa noche invernal, fresca y despejada, ideal para caminar.

Pero, al cabo de algunos minutos, tuvo la impresión desagradable de que alguien lo seguía. Miró por encima de su hombro y vio la sombra de un hombre que se deslizaba entre los árboles. No era un cobarde, en absoluto, y sin embargo creyó prudente apresurar el paso. Pero el hombre que le seguía echó a correr. Creyó que enfrentarlo sería lo mejor, así que tomó su revólver y le apuntó. Pero no hubo tiempo para más, pues el desconocido lo atacó violentamente. De inmediato, se inició una lucha en el boulevard desierto, y el caballero sintió, sin saber bien por qué, que su oponente tenía la ventaja. Gritó pidiendo ayuda, jadeante, y fue arrojado sobre una pila de piedras, sintió que lo sujetaban de la garganta mientras lo amordazaban con un pañuelo que su adversario le introdujo en la boca. Sus ojos se cerraron, sus oídos le zumbaban. Estaba a punto de desvanecerse cuando de pronto la presión en su cuello cedió y el hombre que lo estaba asfixiando se levantó para defenderse contra un ataque inesperado. Un golpe de un bastón y una patada con la punta de una bota. El hombre comenzó a lanzar gritos de dolor y huyó, rengueando y maldiciendo. Sin molestarse en perseguirlo, el recién llegado se inclinó sobre el hombre aún postrado en la grava y preguntó:

—¿Está usted bien, señor?

No estaba herido, pero sí muy aturdido e incapaz de ponerse en pie. Afortunadamente su salvador le consiguió un coche. El caballero tomó asiento en él, con ayuda del hombre, que luego se subió y lo acompaño hasta su casa en la avenida de la Grande-Armée. Habiendo arribado, ya completamente repuesto de su desafortunada noche, se deshizo en palabras de agradecimiento para con su salvador misterioso.

—Le debo la vida, señor, y le aseguro que nunca lo olvidaré. No quiero asustar a mi esposa a estas horas de la noche, pero mañana, si me lo concede, estoy seguro de que le gustaría agradecerle en persona. Venga a desayunar. Mi nombre es Ludovico Imbert. ¿Puedo preguntar a quién tengo el gusto de conocer?

El desconocido respondió:

—Por supuesto, mi nombre es Arsène Lupin.

En ese entonces, Arsène Lupin no tenía el peso de celebridad que luego le otorgó el caso Cahorn, su fuga de la Santé y tantas otras hazañas de resonancia. Ni siquiera se había llamado hasta entonces Arsène Lupin. Ese nombre fue especialmente creado para bautizar al salvador del señor Imbert.

Armado con todas las armas y medios, y listo para el combate, pero sin recursos, sin la autoridad que proporciona el éxito, Arsène Lupin no era más que un aprendiz en una profesión en la cual muy pronto se convertiría en un maestro.

Por lo tanto, el recuerdo de esa invitación lo llenaba de alegría. Al fin alcanzaba el objetivo. Al fin emprendía una tarea digna de su fuerza y de su talento. Los millones de Imbert que había, ¡qué magnífica presa serían para un apetito como el suyo!

Se arregló de manera especial para la ocasión: un sobretodo usado, un pantalón gastado, un sombrero de seda un poco desteñido, con puños y cuello deshilachados, todo muy limpio, pero dando una sensación de miseria. De corbata se puso una cinta negra con un alfiler de diamante falso. Ya vestido, bajó la escalera de la vivienda que ocupaba en Montmartre. En el tercer piso, sin detenerse, golpeó con el mango de su bastón sobre una puerta cerrada. Salió y se dirigió a los boulevares. Pasaba un tranvía. Subió a este, y alguien que iba siguiéndolo, el inquilino del tercer piso, se sentó a su lado. Al cabo de unos instantes, aquel hombre le dijo:

—¿Y qué, patrón?

—Pues que está hecho.

—¿Cómo?

—Voy a desayunar.

—¡Vas a desayunar!

—Claro. ¿Por qué no? Después de todo, salvé la vida del señor Imbert de una muerte segura a tus manos, y el señor Ludovico Imbert, un hombre muy agradecido, me ha invitado a desayunar.

Hubo un silencio. Luego el otro dijo:

—Entonces, ¿tú no desistirás de toda esta farsa?

—Mi amigo —dijo Arsène—, si yo fabriqué esa pequeña hazaña de agresión de esta noche, si me tomé el trabajo, a las tres de la mañana, de darte un bastonazo y una patada, corriendo así el riesgo de causarle daños a mi único amigo, no fue para renunciar ahora a los beneficios de un salvamento tan bien organizado y ejecutado. Seguro que no.

–Pero, ¿y los rumores que hay sobre la fortuna…?

–No importan. Hace seis meses que preparo este asunto; seis meses que me informo, que estudio, que tiendo mis redes, que interrogo a los criados, a los prestamistas y a los testaferros; seis meses hace que sigo como una sombra al marido y a la mujer. En consecuencia, sé de lo que hablo. Que la fortuna provenga del viejo Brawford, como ellos pretenden, o que tenga cualquier otro origen, no es relevante. Lo que importa es que existe y, puesto que existe, me pertenece.

–¡Diablos! ¡Cien millones!

–Supongamos que son diez, o incluso cinco millones. Sería más que suficiente. Hay grandes paquetes de bonos en la caja fuerte. Se armará uno grande si no logro hacerme de ellos.

El tranvía se detuvo en la plaza de l'Etoile[3], y el hombre le murmuró a Lupin:

–¿Qué debería hacer mientras tanto?

–Por el momento no hay nada que hacer. Tenemos tiempo. Yo te avisaré.

Cinco minutos después, Arsène Lupin subía la magnífica escalera del casa de los Imbert, y Ludovico le presentaba a su esposa Gervasia. Esta era una mujercita chiquita y regordeta, muy charlatana. Le dio a Lupin una bienvenida muy cordial.

–Preferí que estuviésemos solos, para así atender mejor a nuestro salvador –dijo ella.

Y desde ese momento inicial, "nuestro salvador" fue tratado como un antiguo amigo. Al momento del postre, la amistad

---

3   Actualmente Plaza Charles de Gaulle.

entre ellos era firme como el cemento, y las confidencias se compartían con absoluta libertad. Arsène contó la historia de su vida, la vida de su padre, íntegro magistrado, las tristezas de su infancia, las dificultades del presente. Gervasia, a su vez, contó de su juventud, de su matrimonio, las bondades del viejo Brawford, los cien millones que ella había heredado, los obstáculos que se interponían entre ellos y el disfrute de ese dinero, los préstamos que había tenido que contraer a intereses desorbitantes, sus interminables enfrentamientos con los sobrinos de Brawford y las oposiciones contra las que había tenido que enfrentarse, los juicios, todo.

–Imagínese usted, señor Lupin. Los bonos están ahí al lado, en el despacho de mi marido. Pero, si cortáramos un solo cupón, lo perderíamos todo. Están ahí en nuestra caja fuerte, pero no podemos tocarlos.

Arsène se estremeció ante la proximidad semejante fortuna, pero tuvo la sensación de que el señor Lupin jamás compartiría el problema de aquella buena señora, de no poder tocar ese dinero.

–¡Ah! Están ahí –y repitió, para sí–. Están ahí.

–Sí, están ahí.

La amistad que surgió esa mañana sólo podía llevar a lazos aún más estrechos. Siendo interrogado con delicadeza, Arsène Lupin confesó su miseria económica, su malestar. E inmediatamente, el infortunado joven fue nombrado secretario particular de los Imberts, con un sueldo de ciento cincuenta francos por mes. Debía seguir viviendo en su casa, pero vendría diariamente a recibir las órdenes de trabajo. Le asignaron también una de las habitaciones del segundo piso para usar como oficina. ¿Por qué esa habitación se encontraba justo encima del despacho de Ludovico? Quizás por casualidad, quizás tuvo que ver con el hecho de que Arsène Lupin la había elegido.

Arsène pronto se dio cuenta de que su cargo de secretario era una sinecura. En los primeros dos meses no tuvo que copiar y despachar más que cuatro cartas importantes y fue llamado únicamente una vez al despacho del señor Imbert, por lo que sólo tuvo una ocasión para contemplar la caja fuerte. Además, notó que el titular de aquella sinecura no debía ser considerado digno de figurar junto al diputado Anquety o del decano del colegio de abogados Grouvel, pues, nunca fue invitado a las famosas recepciones mundanas del matrimonio. Pero no se lamentó por ello, prefiriendo, en cambio, conservar su modesto lugar a la sombra para, así, mantenerse al margen, feliz y libre.

No por eso perdía el tiempo. Desde el principio, realizó una serie de visitas clandestinas al despacho de Ludovico y presentó sus respetos a la caja fuerte, que permaneció inmutable, herméticamente cerrada. Era un enorme bloque de hierro y acero, con aspecto rudo al que no se le podía hacer frente con limas, ni barretas, ni palancas o ganzúas.

Pero Arsène Lupin no se sentía desanimado.

"Ahí donde la fuerza fracasa —se dijo—, el ingenio triunfa. Lo esencial es mantener este lugar vigilado con ojos y oídos".

Por consiguiente, adoptó las medidas necesarias, y, tras un minucioso y difícil sondeo realizado en el piso de su oficina, introdujo un tubo de plomo que desembocaba en el techo del despacho entre dos molduras de la cornisa. A través del tubo, que instaló para que funcionara como conductor acústico y telescopio, esperaba ver y oír lo que ocurría abajo.

Desde entonces, pasó sus días tendido sobre el pecho en el piso de su oficina de trabajo. Y, efectivamente, a menudo vio a los Imbert reunidos ante la caja fuerte, llevando registros y manejando expedientes. Cuando los Imbert hacían girar sucesivamente los cuatro botones que controlaban la cerradura de la caja, Arsène procuraba, contar el número de vueltas que pasaban, para así descifrar el código. Vigilaba los gestos del matrimonio y espiaba todas y cada una de sus palabras. ¿Qué hacían con la llave de la caja? ¿La escondían?

Un día bajó de su oficina a toda velocidad, después de haber visto que ellos salían del gabinete sin cerrar la caja y entró audazmente. Pero ya el matrimonio había regresado.

–¡Oh! Perdónenme. Me he equivocado de puerta.

Pero Gervasia se apresuró y le hizo entrar de nuevo en el despacho, diciendo:

–Por favor, señor Lupin, entre usted. ¿Acaso no está usted aquí como en su casa? Va usted a darnos un consejo. ¿Qué bonos debemos vender? ¿Los del exterior o de la renta gubernamental?

–Pero... ¿y el mandato judicial? –objetó Lupin, muy sorprendido.

–No aplica a todos los bonos.

La mujer abrió más la puerta de la caja. Sobre los estantes se amontonaban los portafolios sujetos con cintas. Ella tomó uno. Pero su marido protestó:

–No, no, Gervasia. Sería una estupidez vender los exteriores; van a subir. Los de la renta, por otro lado están en su punto más alto. ¿Qué opina usted, mi querido amigo?

El querido amigo no tenía opinión alguna, pero, no obstante, aconsejó el sacrificar bonos de la renta. Entonces, la señora Imbert tomó otro paquete de estos, al azar. Era una participación del 3% de 1.374 francos. Ludovico se lo guardó en el bolsillo. Por la tarde, acompañado de su secretario, hizo vender este título por un corredor de bolsa y recibió 46.000 francos.

Pero, a pesar de lo que había dicho Gervasia, Arsène Lupin no se sentía como en su casa. Por el contrario, su situación en la casa de los Imbert era muy particular. En diversas ocasiones comprobó que los criados no sabían su nombre. Estos le llamaban "señor", Ludovico siempre lo llamaba así: "Usted avisará al señor". "¿Acaso ya llegó el señor?" ¿Por qué esa misteriosa designación?

Luego de pasarse el entusiasmo del principio, los Imbert apenas le hablaban, y aun cuando lo trataban con las consideraciones debidas a un bienhechor, no le prestaban atención. Aparentemente, lo consideraban como a un hombre excéntrico a quien no le gustaba que lo molesten, y respetaban su aislamiento como si fuese una regla dictada por él, un capricho impuesto por su parte. Una vez, cuando pasaba por el vestíbulo, oyó a Gervasia que les decía a dos caballeros:

–¡Es un salvaje!

–Muy bien –pensaba él–; soy un salvaje".

Y, habiendo renunciando a explicarse el comportamiento extraño de aquellas personas, continuaba con los preparativos de su plan. Había decidido que era preciso no contar en absoluto ni con la casualidad ni con un descuido por parte de Gervasia, quien jamás abandonaba la llave de la caja fuerte y que no sacaba la llave sin haber girado las letras de los botones. Así, pues, él precisaba actuar dependiendo únicamente de sí mismo.

Un acontecimiento inesperado vino a precipitar las cosas. Fue la violenta campaña desencadenada y llevada a cabo contra los Imbert por ciertos periódicos. Se les acusaba de estafa. Arsène Lupin espió el drama y las inquietudes del matrimonio durante algunas conferencias privadas y comprendió que si tardaba mucho más, iba a perderlo todo.

Durante los siguientes cinco días, en lugar de marcharse de la casa a las seis de la tarde, como de costumbre, se encerraba en su oficina. Los demás suponían que ya se había ido, pero él se tiraba en el suelo y vigilaba desde ahí el gabinete de Ludovico. Como al cabo de las cinco tardes no se había producido la circunstancia favorable que él esperaba, se marchó, cerca de la medianoche, saliendo por la puerta que daba al patio, de la cual tenía la llave.

Al sexto día se enteró de que los Imbert, en respuesta a las insinuaciones malintencionadas de sus enemigos, habían propuesto que se abriese la caja fuerte y que se realizara un inventario.

"Lo harán esta noche", pensó Lupin.

Y, en efecto, después de la cena, Ludovico se instaló en su despacho. Gervasia se reunió con él ahí. Se pusieron a hojear los registros de la caja. Transcurrió una hora, y luego otra. Arsène Lupin oyó a los sirvientes que iban a sus cuartos. Ahora no quedaba nadie en el primer piso. Medianoche. Los Imbert continuaban su tarea.

–¡A trabajar! –murmuró Lupin.

Abrió la ventana que daba al patio. El cielo en la noche estaba oscuro, sin luna y sin estrellas. Sacó una cuerda con nudos de su armario que sujetó a la barandilla del balcón. Saltó y se dejó deslizar suavemente hasta la ventana situada por debajo de la suya, ayudándose con la tubería. Era la del despacho. Ahí estaba la espesa cortina que escondía el interior de la estancia. Permaneció un momento de pie sobre el balcón inmóvil, con el oído atento y los ojos al acecho. Tranquilizado por el silencio que reinaba, empujó suavemente las dos ventanas. Si nadie había tenido la precaución de cerrarlas apropiadamente, entonces cederían al menor esfuerzo, pues él, en el curso de la tarde, había dado vuelta al pasador de manera que no entrase en las ranuras correspondientes.

Las ventanas cedieron. Entonces, con el mayor de los cuidados, las abrió todavía más. Cuando pudo introducir la cabeza por el hueco, se detuvo. Por entre las cortinas mal unidas se filtraba un poco de luz. Divisó a Gervasia y Ludovico sentados al pie de la caja fuerte, absortos en su trabajo, apenas musitando palabras espaciadas entre ellos.

Arsène midió la distancia que lo separaba de ellos, calculó los movimientos exactos que necesitaría hacer para someterlos antes de que tuvieran tiempo de gritar pidiendo auxilio, y ya iba a precipitarse a llevarlos a cabo, cuando Gervasia dijo:

—El despacho se ha vuelto helado. Yo me voy a acostar. ¿Y tú, querido?

—Yo quisiera acabar con esto.

—¡Acabar! Pero si tienes para toda la noche.

—Claro que no. Tengo para una hora a lo sumo.

Ella se retiró. Pasaron veinte minutos, treinta minutos. Arsène empujó las ventanas un poco más. Las cortinas se movieron. Empujó todavía más. Ludovico se volvió y, viendo las cortinas hinchadas por el viento, se levantó para cerrar la ventana.

No hubo ni un grito, ni siquiera indicios de una lucha. Con unos movimientos precisos y sin causarle el menor mal, Arsène lo aturdió, le envolvió la cabeza con la cortina y lo ató de pies y manos, haciendo todo de tal manera, que Ludovico ni siquiera pudo ver el rostro de su agresor.

Luego, rápidamente, se dirigió hacia la caja fuerte, tomó dos portafolios, colocándolos bajo su brazo. Salió del despacho, bajó la escalera, atravesó el patio y abrió la puerta de servicio. Un coche estaba estacionado en la calle.

—Toma esto primero y luego sígueme —le dijo al cochero.

Fueron de nuevo al despacho. En dos viajes vaciaron la caja. Luego, Arsène subió a su oficina, retiró la cuerda de la ventana y borró cualquier rastro de su trabajo clandestino.

Unas horas después, Arsène Lupin, ayudado por su compañero, procedió a revisar los portafolios. No experimentó decepción alguna, habiendo ya previsto que la fortuna de los Imbert no alcanzaba la importancia que se le atribuía. Los millones no se contaban por centenas, ni siquiera por decenas. Pero, a pesar de todo, el botín constituía una cifra muy respetable y los bonos eran de excelente clase: de ferrocarriles, de la municipalidad de París, del canal de Suez, de las minas del Norte, etcétera.

Se manifestó satisfecho al decir:

—Por supuesto, habrá una pérdida considerable cuando llegue la hora de negociar estos bonos. Tropezaremos con fuertes oposiciones y será preciso más de una vez liquidar a un precio vil. Pero no importa, con esta primera recolección de fondos podré vivir como quiera... y podré realizar algunos sueños muy preciosos para mí.

—¿Y el resto?

—Puedes quemarlo, amigo mío. Ese montón de papeles sólo adornaban la caja fuerte. Para nosotros son inútiles. En cuanto a los títulos, vamos a encerrarlos muy tranquilamente en el armario, mientras esperamos el momento preciso.

Al día siguiente, Arsène no vio motivos por los que debiera ausentarse de la casa de los Imbert. Pero la lectura de los periódicos le reveló esta inesperada noticia: Ludovico y Gervasia Imbert habían desaparecido.

La apertura de la caja fuerte se efectuó con toda solemnidad. Los magistrados encontraron en ella lo que Arsène Lupin había dejado... básicamente nada.

Tales son los hechos, que se me dieron a conocer de la boca del mismo Arsène Lupin, un día en que se sentía con ánimo confidencial. Aquel día se paseaba de arriba abajo en mi gabinete de trabajo y en sus ojos había un nerviosismo que nunca había visto en ellos.

—En resumen —le dije yo—, ¿ese fue tu golpe más bonito?

Sin responderme directamente, prosiguió:

—Hay en este asunto secretos impenetrables. Así, incluso después de la explicación que te he dado, ¡cuántas cosas quedan oscuras todavía! ¿Por qué aquella fuga? ¿Por qué no se aprovecharon del seguro que yo les proporcionaba involuntariamente? Para ellos era tan fácil decir: "Los cien millones se encontraban en la caja fuerte y ya no están porque fueron robados".

—Seguramente perdieron la cabeza.

—Sí, eso es, perdieron la cabeza... Por otra parte, ¿será verdad...?

—Será verdad, ¿qué?...

—No, nada.

¿Qué significaba esa reticencia? Él no lo había dicho todo, era obvio, y aquello que no había dicho, le repugnaba decirlo. Me sentía intrigado por su conducta. Seguramente se trataba de algo grave para provocar dudas en un hombre como él.

Yo le hice preguntas al azar:

—Tú no los has vuelto a ver?

—No.

—¿Y no se te ha ocurrido experimentar, respecto de esos dos desventurados, ningún sentimiento de lástima?

—¿Yo? —respondió él con un sobresalto.

Su reacción me sorprendió. ¿Había yo tocado el punto sensible? Entonces insistí:

—Evidentemente, sin ti ellos quizá hubieran podido hacer frente al peligro..., o, cuando menos, haber desaparecido con los bolsillos llenos.

—¿De qué estás hablando? Remordimiento...

—¡Caramba!

Descargó un violento puñetazo sobre mi mesa. Luego dijo:

—Así que, según tú, yo debiera sentir remordimiento.

—Llámalo remordimiento o arrepentimiento... un sentimiento cualquiera...

—Un sentimiento cualquiera por unas personas que...

—Por unas personas a quienes tú les robaste una fortuna.

—¿Qué fortuna?

—Pues... aquellos dos o tres paquetes de bonos y títulos.

—¡Aquellos dos o tres paquetes de títulos! Yo les robé unos paquetes de títulos, ¿verdad? Una parte de su herencia ¿Esa es mi culpa? ¿Ese es mi Crimen? Pero, demonios, querido, ¿no has adivinado todavía que esos títulos eran falsos?... ¿Lo oyes? ¡Eran falsos!

Yo le miré aturdido. Y él añadió:

—Eran falsos... los cuatro o cinco millones —gritó con rabia—. ¡FALSIFICACIONES! Falsas las obligaciones de la municipalidad de París y los fondos del Estado. Papel, nada más que papel. Ni un céntimo saqué yo de todo aquel montón. ¿Y todavía me pides que sienta remordimientos? Pero si son ellos quienes debieran sentirlos. Me engañaron como a un tonto. Me emplumaron como al último de los cándidos, y el más estúpido.

Estaba agitado por la cólera provocada por el rencor del amor propio herido.

—Pero, desde comienzo al final, me tocó perder a cada instante. ¿Sabes el papel que tuve que representar en este asunto, o más bien el papel que ellos me hicieron representar? ¡El de Andrés Brawford! Sí, mi querido amigo, y de todo ello yo no obtuve nada práctico. Fue después, cuando, por los periódicos y relacionando ciertos detalles, me di cuenta de ello. Mientras yo estaba representando el papel de bienhechor, del caballero que arriesgó la vida por él, me estaban haciendo pasar por uno de los Brawford. ¿Acaso no es eso impresionante? Aquel señor excéntrico que tenía su oficina en el segundo piso, aquel salvaje al que solo se mostraba de lejos, era Brawford, y ese Brawford era yo. Y fue gracias a mí, gracias a la confianza que yo "inspiraba" bajo el nombre de Brawford, que los banqueros prestaban y los notarios aconsejaban a sus clientes que prestasen dinero a los Imbert. ¡Ah! Qué seminario para un principiante. ¡Ah! Te juro que la lección me será útil.

Se detuvo bruscamente, me agarró del brazo y con un tono exasperado en el cual, sin embargo, resultaba fácil percibir matices de ironía y de admiración, me dijo esta frase inefable:

–Querido amigo, en este momento, Gervasia Imbert me debe mil quinientos francos.

Ante esto no pude evitar reírme. Se trataba verdaderamente de una broma magnífica. Y él mismo sintió una carcajada brotar, y añadió:

–Sí, querido, mil quinientos francos. No solamente no cobré nunca un solo céntimo de mi sueldo como secretario, sino que además ella me pidió prestados mil quinientos francos. Todos mis ahorros de joven. ¿Y sabes para qué? ¡Para caridad! Como te lo digo. Para unos supuestos desventurados que ella estaba ayudando a espaldas de Ludovico… Y yo caí en ello. Es bastante gracioso, ¿verdad? Arsène Lupin despojado de mil quinientos francos por la bella dama a la cual él le robó cuatro millones en bonos falsos. Y la de combinaciones, de esfuerzos, de astucias geniales me fue necesario hacer para llegar a ese resultado. Es la única vez que me han tomado por idiota en toda mi vida. Pero, ¡diablos, me la hicieron bien!

La perla negra
de la condesa

Una violenta timbrada de la puerta de la calle despertó a la portera del número 9 de la avenida Hoche. Ella tiró del cordón para abrir, al propio tiempo que gruñía:

—Creí que todo el mundo ya había llegado. Son por lo menos las tres de la mañana.

Su marido murmuró:

—Quizá sea para el doctor.

En efecto, una voz preguntó:

—El doctor Harel, ¿en qué piso?

—Tercer piso a la izquierda, pero el doctor no atiende de noche.

—Pues deberá atender.

El caballero entró en el vestíbulo, subió un piso, dos, tres y, sin siquiera detenerse en la puerta del doctor Harel, continuó hasta el quinto piso. Ahí probó dos llaves. Una de ellas hizo girar la cerradura y la otra el cerrojo de seguridad.

—Maravilloso —murmuró—; la tarea queda entonces considerablemente simplificada. Pero antes de proceder, es necesario que me asegure la retirada. Pensemos... ¿tuve tiempo de llamar en casa del médico y de ser despachado por él? No, todavía no, un poco de paciencia.

Al cabo de unos diez minutos bajó murmurando algo contra el médico y tocó en el cristal de la portería. Le abrieron de nuevo la puerta de la calle, y la escuchó hacer click al cerrarse detrás de él. Pero en realidad, la puerta no se cerró, pues el hombre colocó un pedazo de hierro en el encastre de la cerradura a fin de que el pestillo no se introdujera en su lugar. Volvió a entrar en silencio y sin que los porteros lo advirtieran. En caso de alarma, su retirada estaba asegurada. Suavemente volvió a subir los cinco pisos. En la antecámara del departamento, a la luz de una linterna, se quitó su abrigo y su sombrero, colocándolos sobre una silla, se sentó en otra y cubrió sus zapatos con un cubre calzado de fieltro.

—¡Vaya! Ya está. ¡Y qué fácil! Me pregunto por qué no escoge todo el mundo el oficio de ladrón, es cómodo y rentable. Con un poco de habilidad y de reflexión, es un oficio placentero. Un oficio sin duda más placentero que cualquier otro empleo banal y monótono, que resulta tedioso luego de un tiempo.

Desplegó un plano detallado de toda la vivienda.

—Empecemos por orientarnos. Aquí se percibe el rectángulo del vestíbulo donde me encuentro. Del lado de la calle, el *boudoir*, la oficina y el comedor. Inútil perder el tiempo por ahí, pues parece que la condesa tiene un gusto deplorable... ¡ni una chuchería de valor! Por tanto, centrémonos en el objetivo. ¡Ah! Aquí aparece el trazo de un pasillo, el pasillo que conduce a los dormitorios. A tres metros debo encontrar la puerta del armario de los vestidos que comunica con el dormitorio de la condesa.

Volvió a doblar el plano, apagó la linterna y emprendió camino por el pasillo al mismo tiempo que contaba:

–Un metro... Dos metros... Tres metros... Aquí está la puerta... ¡Cómo se resuelve todo, ¡Dios mío! Un simple cerrojo, un pequeño cerrojo me separa del dormitorio. Sé que ese cerrojo se encuentra a un metro cuarenta y tres centímetros del armario... De modo que gracias a una ligera incisión que voy a hacer a su alrededor, podemos despedirnos de ese obstáculo.

Sacó de su bolsillo los instrumentos necesarios, pero lo detuvo una idea:

–¿Y si, por casualidad, el cerrojo no estuviera corrido? No pierdo nada con intentarlo...

Hizo girar el pomo de la cerradura. La puerta se abrió.

–Mi magnífico Lupin: sin duda, la suerte te favorece. ¿Qué sigue? Conoces la topografía de los lugares donde vas a operar; conoces el lugar donde la condesa esconde la perla negra... Por lo tanto, para que la perla negra te pertenezca lo primero y más importante es ser más silencioso que el propio silencio, más invisible que la noche.

Arsène Lupin empleó una buena media hora para abrir la segunda puerta, una puerta de cristales que daba al dormitorio de la condesa. Pero lo hizo con tanta precaución, que aun en el caso de que la condesa estuviera despierta, ningún crujido extraño la hubiera inquietado. Siguiendo las indicaciones de su plano, no tendría más que rodear un sillón. Esto lo llevaría a una butaca y luego a una mesita situada cerca de la cama. Sobre la mesa había una cajita de papel de cartas, y encerrada simplemente en esa caja estaba la perla negra. Se tiró sobre la alfombra y siguió los contornos del sillón. Pero, al llegar al borde, se detuvo para contener los latidos de su corazón. Aunque no le agitara ningún temor, le resultaba imposible vencer esa especie de ansiedad nerviosa que se experimenta en medio de un silencio excesivo. Y se sorprendía de esto, puesto que había vivido minutos mucho más solemnes sin sentir emoción. No le amenazaba ningún peligro. Entonces, ¿por qué su corazón latía como una campana frenética? ¿Era acaso que esa mujer dormida lo impresionaba? ¿La proximidad de aquel otro corazón latiente?

Escuchó y le pareció discernir en el silencio una respiración rítmica, como de alguien que duerme. Esto lo tranquilizó, como estar en presencia de un amigo. Buscó la butaca y luego, con pequeños movimientos inaudibles, avanzó hacia la mesa tanteando en la sombra con su brazo extendido. Su mano derecha tocó uno de los pies de la mesa. ¡Por fin! Ya no debía hacer más que levantarse, tomar la perla y salir de ahí. ¡Menos mal! Porque su corazón comenzaba de nuevo a saltar dentro de su pecho como un animal aterrado y con tal ruido, que le parecía imposible que la condesa no se despertara. En un acto de voluntad prodigiosa calmó su corazón, pero en el instante en que trataba de incorporarse, su mano derecha tropezó sobre la alfombra con un objeto que reconoció en seguida como un candelabro; un candelabro tirado, e inmediatamente tropezó con otro objeto: un reloj, uno de esos relojes de péndulo de viaje que están recubiertos de una funda de cuero.

¿Qué? ¿Qué ocurría? No comprendía. Aquel candelabro…, aquel reloj… ¿Por qué esos objetos no estaban en su lugar habitual? ¿Qué ocurría en medio de esa oscuridad desconcertante?

Y de pronto se le escapó un grito. Había tocado… ¡oh, algo muy extraño, inefable! Pero no, no, el miedo le nublaba el cerebro. Veinte segundos, treinta segundos y permaneció inmóvil, espantado, mientras el sudor le corría por las sienes. Y sus dedos conservaban la sensación de aquel contacto. Hizo un esfuerzo sobrehumano y extendió de nuevo el brazo. Y otra vez su mano tocó esa cosa, esa cosa extraña, inexpresable. Palpó. Era necesario que su mano la palpara y se diera cuenta. Era pelo, una cabellera humana, un rostro... un rostro frío, casi helado.

Sin importar cuán aterradoras sean las circunstancias, Arsène Lupin es un hombre que se domina a sí mismo y a la situación desde el momento que toma conocimiento de ella. Rápidamente hizo funcionar el resorte de la linterna. Ante él yacía una mujer cubierta de sangre. Unas espantosas heridas habían destrozado su cuello y sus hombros. Se inclinó y la examinó. Estaba muerta.

–¡Muerta, muerta! –repetía él con estupor.

Y miraba aquellos ojos fijos, el gesto de aquella boca, aquella carne lívida y esa sangre... toda esa sangre que había corrido sobre la alfombra, coagulada, espesa y negra.

Ya de pie, encendió la luz de la habitación. Fue entonces cuando pudo ver todas las señales de una lucha desaforada. La cama estaba completamente deshecha, con las sábanas y el edredón arrancados del colchón. En el suelo, el candelabro y el reloj de péndulo, cuyas agujas marcaban las once y veinte... y luego, más lejos, una silla derribada, y por todas partes sangre, manchones de sangre.

–¿Y la perla negra? –murmuró Lupin.

La caja de papel de cartas estaba en su sitio. La abrió. El estuche de la perla estaba vacío.

–¡Diablos! –se dijo–. Te has vanagloriado demasiado pronto de tu suerte, amigo Lupin... Con la condesa asesinada y la perla desaparecida..., la situación no es muy favorable. Huyamos, pues corres el riesgo de meterte en graves problemas.

Sin embargo, no se movió.

–¿Huir? Sí, claro, otro huiría. Pero, ¿Arsène Lupin? Tenía algo mejor para hacer. Veamos, procedamos por orden.

Después de todo, tu conciencia está tranquila… Suponte que tú eres el comisario de Policía y que tienes que realizar una investigación. Sí, pero para eso sería preciso tener un cerebro más claro. Y el mío está un tanto alborotado.

Se dejó caer sobre una butaca con los puños cerrados contra su frente hirviendo.

El crimen de la calle Hoche es uno de los sucesos que le ha intrigado más intensamente al público parisino en estos últimos tiempos, y, sin lugar a dudas, yo no hubiera podido contarlo si el misterio no hubiera sido develado por el mismísimo Arsène Lupin. Nadie tenía idea qué era lo que había ocurrido ahí esa noche.

¿Quién no conocía, por haberla visto en el Bosque de Boulogne, a Leontina Zalti, la bellísima ex cantante, esposa y viuda del conde de Andillot; la Zalti, cuyo lujo asombró a París hace veinte años; la condesa de Andillot, a quien sus adornos de diamantes y de perlas le habían conferido fama en toda Europa? Se decía que ella llevaba sobre sus hombros las cajas fuertes de varias casas bancarias y las minas de oro de varias compañías australianas. Los grandes joyeros trabajaban para la Zalti como se trabajaba, en otro tiempo, para los reyes y para las reinas. ¿Y quién no recuerda la catástrofe financiera en la que todas sus riquezas quedaron sumergidas? El torbellino lo devoró todo: casas bancarias y minas de oro. De la maravillosa colección no quedó más que la famosa perla negra. ¡La perla negra! Es decir, una fortuna, si su dueña hubiera querido deshacerse de ella.

Pero bajo ningún concepto quería deshacerse de esa perla. Prefería limitar sus gastos, vivir en un departamento sencillo con su dama de compañía, su cocinera y un solo criado, antes que vender esa inapreciable joya. Tenía una razón para ello que no temía en confesar: la perla negra era regalo de un emperador. Y ya casi en la ruina, reducida a la más mediocre existencia, permaneció fiel a aquella compañera de sus tiempos felices.

—Mientras yo viva —decía la condesa—, no me separaré de ella.

Del amanecer hasta que el sol se ponía la llevaba colgada al cuello. Por la noche la colocaba en un lugar que solo ella conocía.

Todos estos hechos fueron inmortalizados en los periódicos, estimularon la curiosidad del público, y, extrañamente, aunque fácil de comprender para aquellos que posean la clave del enigma, fue precisamente la detención del supuesto asesino lo que complicó el misterio e hizo más intensa la emoción de París. En efecto, dos días después, los diarios publicaban la siguiente noticia:

"Se nos comunica la detención de Víctor Danégre, el mayordomo de la condesa de Andillot. La evidencia presentada contra él es clara y convincente. En la manga de su uniforme de servicio, que el señor Dudouis, jefe de Seguridad, ha encontrado en su cama, entre el colchón metálico y el de tela, se han observado manchas de sangre. Además, en la chaqueta del uniforme faltaba un botón recubierto de tela. Ese botón, al comienzo de las investigaciones, fue encontrado bajo la propia cama de la víctima.

"Es probable que, después de la cena, Danégre, en lugar de irse a su habitación, se haya ocultado en el boudoir *y por la puerta de cristales haya visto a la condesa esconder la perla negra. Debemos aclarar que, hasta aquí, es todo teoría, pues no hay pruebas que lo confirmen. Asimismo, hay otro punto que permanece sin respuesta. A las siete de la mañana, Danégre acudió al establecimiento de tabacos*

del boulevard de Courcelles: primero la portera y luego la vendedora de tabaco han declarado en ese sentido. Por otra parte, la cocinera de la condesa y su dama de compañía, quienes duermen al final del pasillo, afirman que a las ocho de la mañana, cuando ellas se levantaron, la puerta de la antecámara y la puerta de la cocina estaban cerradas con doble llave. Estas dos personas, que llevan más de veinte años al servicio de la condesa, están por encima de toda sospecha. Cabe preguntarse entonces cómo Danégre ha podido salir del departamento. ¿Tenía otra llave? Esperamos que las investigaciones esclarezcan estos diversos puntos".

Pero las investigaciones no aclararon nada en absoluto. Se averiguó que Víctor Danégre era un reincidente peligroso, un alcohólico y un libertino. Pero el asunto por sí mismo, a medida que era estudiado, parecía envolverse cada vez en tinieblas más espesas y contradicciones más inexplicables. En primer lugar, una señorita de Siencléves, prima y heredera de la víctima, declaró que la condesa, un mes antes de su muerte, le había confiado en una de sus cartas la forma en que ella escondía la perla. Y al día siguiente de haber recibido ella esa carta, había comprobado la desaparición de la joya. ¿Quién la había robado?

Por su parte, los porteros contaron que le habían abierto la puerta a un individuo en la madrugada, el cual había subido a casa del doctor Harel. Se interrogó al médico, pero este declaró que nadie había llamado en su casa a tal hora. Entonces, ¿quién era ese individuo? ¿Un cómplice?

Esta hipótesis de un cómplice fue adoptada por la prensa, por el público, y también por Ganimard, el célebre inspector jefe.

—Lupin está metido en todo esto— le dijo Ganimard al juez.

—¡Bah! —respondía el juez—. Usted ve por todas partes a ese Lupin.

—Yo lo veo por todas partes, porque está en todas partes.

—Diga más bien que usted lo ve cada vez que se encuentra con algo que no puede explicar. Además, observe usted: el crimen fue cometido a las once y veinte de la noche, como lo indica el reloj roto, y la visita nocturna de ese desconocido, denunciada por los porteros, tuvo lugar a las tres de la mañana.

La justicia obedece a menudo a esos influjos de convencimiento que hacen que se obligue a los acontecimientos a doblegarse a la primera explicación que se ha dado al suceso. Los deplorables antecedentes de Víctor Danégre, reincidente, borracho y perdido, influyeron sobre el Juez, y si bien ninguna nueva circunstancia vino a corroborar los dos o tres indicios descubiertos en un principio, nada tampoco pudo alterarlos. El juez cerró la instrucción del sumario. Y unas semanas después comenzaron los debates del juicio sobre el mismo.

Esos debates resultaron enredados y lentos. El presidente del tribunal los dirigía sin entusiasmo alguno. El fiscal atacaba con blandura. En tales condiciones, el abogado de Danégre tenía un juego fácil. Mostró las lagunas y las imposibilidades en que se basaba la acusación. No existía ninguna prueba material, ningún sustento para la teoría de su culpabilidad. ¿Quién había falsificado la llave, aquella llave indispensable sin la cual Danégre no hubiera podido cerrar de nuevo la puerta, después de su supuesta salida del departamento? ¿Quién había visto esa llave? ¿Y qué se había hecho de ella? ¿Quién había visto el cuchillo utilizado en el crimen, y qué se había hecho con él?

—En todo caso —concluía el abogado—, demuéstrese que fue mi defendido quien la mató. Pruébese que el autor del robo y del crimen no es ese misterioso personaje que se introdujo en la casa a las tres de la madrugada. El reloj marcaba las once, me dirán ustedes. ¿Y qué? ¿No pueden ponerse las agujas de un reloj en la hora que uno quiera?

Víctor Danégre resultó absuelto.

Salió de la cárcel un viernes al caer de la tarde, débil y deprimido por los seis meses que había pasado en una celda. La instrucción del sumario, la soledad, los debates en el tribunal, las deliberaciones del jurado, todo ello le había llenado de un espanto enfermizo. Por la noche le asaltaban tremendas pesadillas. Temblaba de fiebre y de terror.

Alquiló un pequeño cuarto en las alturas de Montmartre bajo el nombre de Anatolio Dufour y vivía a la buena de Dios de changas, haciendo toda clase de oficios a acá y allá. Era una vida lamentable. Fue contratado tres veces por tres patrones diferentes, pero lo reconocieron y lo despidieron en seguida. A menudo le pareció, o creyó parecerle, que unos hombres lo seguían; personal de la Policía, no le cabía duda, que no renunciaban a hacerle caer en alguna trampa. Y sentía la dura presión de la mano de la ley que lo agarraba del cuello.

Una tarde que cenaba en un restaurante del barrio, un individuo se instaló frente a él en la mesa. Era un hombre de unos cuarenta años, vestido con un sobretodo negro de limpieza dudosa. El desconocido pidió una sopa, unas legumbres y una botella de vino. Cuando terminó la sopa, volvió los ojos hacia Danégre y se le quedó mirando. Danégre palideció. Sin duda aquel individuo era uno de los que lo seguían desde hacía varias semanas. ¿Qué quería de él? Danégre intentó levantarse. Pero no pudo. Sus piernas temblaban y no lo sostenían. El individuo llenó su vaso de vino y después llenó el de Danégre.

—¿Brindamos, camarada?

Víctor balbuceó:

—Sí, sí… a su salud, camarada.

—A tu salud, Víctor Danégre.

Víctor, aterrorizado, contesto:

–Yo, yo no… yo le juro…

–¿Qué me juras? ¿Que no eres? ¿Que no eres el criado de la condesa?

–¿Qué criado? Yo me llamo Dufour. Pregúntele aquí al patrón.

–Dufour, Anatolio, sí, para el patrón; pero Danégre para la justicia. Víctor Danégre.

–Eso no es cierto, eso no es cierto. Le han mentido.

El desconocido sacó de su bolsillo una tarjeta y se la extendió. Víctor leyó:

"Grimaudan, ex inspector de Seguridad. Informes confidenciales". Víctor se estremeció.

–¿Usted es de la Policía?

–Ya no lo soy, pero el oficio me agrada y continúo trabajando en él de una manera más… lucrativa. De tanto en tanto me encuentro con oportunidades que valen oro… como la que tú me presentas.

–¿Yo?

–Sí, tú. Es un asunto excepcionalmente ventajoso. Eso es, claro, si tú decides ser de ayuda.

–¿Y si no lo soy?

–Tendrás que serlo. Me temo que no estás en posición de negarte.

Una sorda aprensión invadió a Víctor Danégre, y este preguntó:

–¿Qué es lo que quiere?… Hable.

–Muy bien –respondió el otro–. Iré directo al grano entonces: me envía la señorita Siencléves.

–¿Siencléves?

–Sí, la heredera de la condesa de Andillot.

–¿Y qué?

–Pues que la señorita Siencléves me encarga de reclamarte la perla negra.

–¿La perla negra?

–Sí, la que tú has robado.

–Pero ¡yo no la tengo!

–Tú la tienes.

–La tiene el asesino.

–Tú eres el asesino.

Danégre forzó una sonrisa.

–Felizmente, señor mío, el tribunal no ha tenido la misma opinión que usted. Todos los jurados, lo oye bien, todos, me han juzgado inocente. Y cuando uno tiene la conciencia tranquila y a los doce miembros del jurado de su lado...

El inspector le agarró de un brazo y le dijo:

–Nada de frases vanas, mi amigo. Escucha con mucha atención y considera mis palabras con precaución. Danégre: tres semanas antes del crimen, tú le robaste a la cocinera la llave que abre la puerta de servicio y mandaste que te hicieran una copia en el taller de Outard, por el cerrajero en el número 244 de la calle de Oberkampf.

–Eso no es verdad, ¡mientes! –gruñó Víctor–. Nadie ha visto esa llave... Esa llave no existe.

–Hela aquí.

Después de un silencio, Grimaudan continuó:

–Tú mataste a la condesa con un cuchillo que compraste en el bazar de la plaza de la República, el mismo día en que mandaste hacer la llave. La hoja del cuchillo es triangular y tiene un surco que va de una punta a la otra.

–Eso son tonterías. Está inventando, haciendo suposiciones. Nadie ha visto el cuchillo.

–Helo aquí.

Víctor Danégri hizo un movimiento como si quisiera retroceder en su asiento. Y el ex inspector continuó:

—El cuchillo tiene unas manchas. ¿Acaso es necesario explicarte a que se deben?

—Bueno, ¿Y qué?... Usted tiene una llave y un cuchillo... ¿Quién puede afirmar que me pertenecen?

—Primero el cerrajero, y luego está el empleado al cual tú le compraste el cuchillo. Yo les he refrescado la memoria. Cuando esas personas se encuentren cara a cara contigo, será inevitable que te reconozcan.

Hablaba con sequedad y dureza y con una precisión aterradora. Danégre estaba convulsionado de pánico. Ni el juez, ni el presidente del tribunal, ni el fiscal lo habían arrinconado de tal manera, ni habían visto con tamaña claridad en las cosas que él mismo ya no discernía más con exactitud. Sin embargo, trató todavía de aparentar indiferencia. Dijo:

—Si esas son todas las pruebas que tiene...

—No, no lo son. Me queda todavía algo más: después del crimen, tú te marchaste por el mismo camino. Pero cuando te encontrabas en medio del *boudoir*, te sentiste asaltado por el miedo y debiste de apoyarte sobre la pared para conservar el equilibrio.

—¿Cómo lo sabe usted? —tartamudeó Víctor—. Nadie puede saber eso.

—La justicia lo sabe. No podía ocurrírsele a ninguno de esos señores del ministerio fiscal el encender una lámpara y examinar las paredes. Pero si lo hubieran hecho, habrían visto sobre la pintura blanca una marca roja muy ligera, pero, sin embargo, lo bastante clara para que en ella esté registrada la huella de la cara anterior de un dedo pulgar... de *tu* dedo pulgar, completamente impregnado de sangre cuando te apoyaste contra la pared. Y, como bien sabes, la antropometría constituye uno de los principales medios de identificación.

Víctor Danégre estaba desencajado. Gotas de sudor corrían de su frente. Observaba con los ojos de un hombre enloquecido a aquel extraño que evocaba su crimen como si hubiera sido un testigo invisible en esa noche.

Agachó la cabeza, vencido, impotente. Desde hacía meses luchaba contra todo el mundo. Pero contra este hombre que se hallaba frente a él sentía la impresión de que nada podría hacer.

—Si yo le entrego la perla —balbuceó—, ¿cuánto me dará usted?

—Nada.

—¡Cómo! ¡Usted se burla! ¿Yo voy a darle una cosa que vale miles, centenas de miles, sin recibir nada a cambio?

—Recibirás algo a cambio: tu vida.

El miserable tembló. Y Grimaudan añadió con un tono casi dulce:

—Veamos, Danégre; esa perla no tiene ningún valor para ti. Te es imposible venderla. Entonces, ¿de qué te servirá el conservarla?

—Hay siempre comerciantes... y algún día, a no importa qué precio...

—Algún día será demasiado tarde.

—¿Por qué?

—¿Por qué? Pues porque la justicia te habrá echado la mano, y esta vez, con las pruebas que yo le proporcionaré, el cuchillo, la llave, la huella de tu pulgar, estás acabado, mi amigo.

Víctor se apretó la cabeza entre las manos y reflexionó. Se sentía perdido, irremediablemente perdido, y al mismo tiempo, infinitamente cansado, ahogado con una inmensa necesidad de reposo y de abandono. Murmuró:

—¿Cuándo la necesita usted?

Esta noche, antes de una hora.

—¿Y si no?

—Si no, yo le mandaré esta carta, en la que la señorita Siencléves te denuncia, al fiscal de la República.

Danégre se sirvió sucesivamente dos vasos de vino, que bebió en pocos segundos. Luego se levantó, diciendo:

—Pague la cuenta y vámonos…; ya tengo bastante de este maldito asunto.

Había caído la noche. Los dos hombres bajaron la calle Lepic y siguieron por los bulevares exteriores, dirigiéndose hacia la plaza de l'Etoile. Caminaban sin mediar palabra. Víctor iba muy cansado y con la espalda doblada. Cuando llegaron al parque Monceau, dijo:

—Es del lado de la casa…

—¡Diablos! Sólo dejaste la casa una vez antes de que te arrestaran, para ir a la tabaquería.

—Ya casi llegamos —dijo Danégre con ronca voz.

Siguieron por el sendero del parque y atravesaron una calle en cuya esquina estaba el establecimiento de tabacos. Danégre se detuvo algunos pasos más allá. Sus piernas vacilaban. Se dejó caer sobre un banco.

—¿Y entonces? —le preguntó su acompañante.

—Aquí esta.

—¡Aquí! ¿Qué quieres decir con "aquí"?

—Sí, aquí, delante de nosotros.

—¡Delante de nosotros! Vamos, Danégre, más te vale no…

—Le repito que es aquí, entre dos adoquines.

—¿Cuáles?

—Búsquelos.

—¿Cuáles? —repitió Grimaudan.

Víctor no respondió.

—¡Ah! Magnífico. Te quieres burlar de mí.

—No, pero… es que la miseria me consume.

—Entonces, ¿tú dudas? Vamos, que seré generoso contigo. ¿Cuánto necesitas?

—El dinero necesario para tomar un billete de intercontinental para Estados Unidos.

—De acuerdo.

—Y cien francos para los primeros gastos.

—Tendrás doscientos. Ahora habla.

—Cuente los adoquines a la derecha de la alcantarilla. Está entre el doce y el trece.

—¿En la alcantarilla?

—Sí, junto al cordón.

Grimaudan miró en torno a sí. Pasaban tranvías y pasaba gente. Pero no importaba. ¿Quién podía sospechar?

Abrió su navaja y la clavó entre los adoquines doce y trece.

—¿Y si no esta aquí?

—Si nadie me vio agacharme y ocultarla ahí, tiene que estar todavía.

—¡Quizá estará! ¡La famosa perla negra tirada entre el fango de la alcantarilla a disposición del primero que llegara! ¡La perla negra… una fortuna!

—¿A qué profundidad?

—A diez centímetros más o menos.

Escarbó en la arena mojada. La punta de la navaja tropezó con algo. Con los dedos agrandó el agujero. Y ahí estaba, la perla negra.

—Aquí están tus doscientos francos. Ya te enviaré tu billete para Estados Unidos.

Al día siguiente, el *Echo de France* publicaba esta gacetilla, que fue reproducida por los periódicos del mundo entero:

"Desde ayer, la famosa perla negra está en las manos de Arsène Lupin, que la rescató del asesino de la condesa

de Andillot. En breve, réplicas de esta preciosa joya serán expuestas en Londres, en San Petersburgo, en Calcuta, en Buenos Aires y en Nueva York.

"Arsène Lupin atenderá a las proposiciones que quieran hacerle quienes se interesan por la joya".

–Y es así cómo el crimen es siempre castigado y la virtud recompensada –concluyó Arsène Lupin, habiéndome revelado los detalles de aquel evento.

–Y fue así cómo, bajo el nombre de Grimaudan, ex inspector de Seguridad, tú fuiste escogido por el destino para quitarle a aquel criminal los beneficios de su delito.

–Exactamente. Y confieso que esta es una de las aventuras de que estoy más orgulloso. Los cuarenta minutos que pasé en el departamento de la condesa, después de haber comprobado su muerte, se encuentran entre los más sorprendentes y más oscuros de mi vida. En cuarenta minutos, envuelto en la situación más complicada, reconstruí el crimen y adquirí la certidumbre, con ayuda de algunos indicios, de que el culpable no podía ser otro que un criado de la condesa. En fin, comprendí que para conseguir la perla era necesario que aquel criado fuese detenido (y fui yo quien dejó ahí el botón de su uniforme); pero era preciso también que no se consiguieran pruebas irrefutables de su culpabilidad. Por lo tanto, recogí el cuchillo olvidado sobre la alfombra y me llevé la llave olvidada en la cerradura. Asimismo, borré las huellas de los dedos sobre la pintura del *boudoir*. En mi opinión, ese fue uno de los destellos...

–De genialidad –interrumpí yo.

–De genialidad, si así lo quieres, que no se le hubiera ocurrido a cualquiera. Adivinar en un segundo las dos condiciones del problema: una detención y una absolución; y servirme del formidable aparato de la justicia para trastornar al individuo, para embrutecerlo, para dejarlo en tal estado de desamparo, que una vez en libertad tuviera inevitablemente que caer en la trampa un poco rústica que le tendí...

–¿Un poco? Di más bien muy rústica, pues él no corría ningún peligro.

–¡Oh! En lo más mínimo, una absolución es una cosa definitiva.

–Pobre diablo...

–¡¿Pobre diablo?! ¡Víctor Danégre! ¿No te das cuenta de que es un asesino? Hubiera sido el colmo que se quedara con la perla negra. Pero vive, piénsalo; Danégre vive.

–Y la perla negra es tuya.

La sacó de uno de los bolsillos secretos de su cartera, la examinó, acariciándola no sólo con sus dedos sino también con sus ojos, y suspiró:

–¿Quién será el Zar, el Rajá estúpido y vanidoso que entrará en posesión de este tesoro? ¿A qué millonario americano estará destinado esta pequeña pieza de perfección y lujo que ornaba los hombros blancos de Leontina Zalti, condesa de Andillot?

Sherlock Holmes llega tarde

—Debo decir, Velmont que es en verdad asombroso el parecido que tiene con Arsène Lupin.

—¿Cómo lo sabe?

—Oh, como todos, he visto fotografías, y sé que no hay dos en las que se vea igual pero en cada una la sensación que el rostro deja impresa en la mente… es similar a la suya.

Horacio Velmont se mostró algo irritado por el comentario.

—Tiene usted razón, mi querido Devanne. Y créame que no eres el primero en notarlo.

—Es tan evidente —insistió Devanne—, que si no lo hubiera recomendado mi primo Esteban, y si no fuese usted el famoso artista de cuyo arte marino disfruto tanto, seguramente hubiera notificado a la policía de su presencia aquí en Dieppe.

Esta ocurrencia fue recibida con una carcajada de todos los presentes. En el gran comedor del castillo de Thibermesnil estaban, además del señor Velmont, el padre Gélis, el cura de la parroquia, y una docena de oficiales, cuyos regimientos estaban asentados en la vecindad, que habían aceptado la invitación del banquero Jorge Devanne y de su madre. Uno de los oficiales comentó:

—Tengo entendido que una descripción exacta de Arsène Lupin fue dada a la policía de la costa junto con su sobretodo después de aquel gran robo del Expreso París-El Havre.

—En efecto— dijo Devanne—. Eso fue hace ya tres meses, y fue una semana después de ese incidente que conocí a nuestro amigo Velmont en el casino. Desde entonces, me ha honrado con varias visitas… Agradable preludio para la visita a domicilio que me hará uno de estos días, o mejor dicho, una de estas noches.

Este comentario evocó otra ronda de risas, y los presentes pasaron entonces al antiguo salón de los guardias. Era una habitación amplia, con una altura descomunal, que ocupaba toda la parte inferior de la Tour Guillaume —Torre de Guillermo— y donde Jorge Devanne guardaba y reunía su colección de riquezas incomparables acumuladas a través de los siglos por los señores de Thibermesnil. Cofres, aparadores repletos de joyas, candelabros, grandes tapices colgando de las paredes llenaban el espacio a su alrededor. Las aberturas de las ventanas estaban amuebladas con bancos blancos que acompañaban el estilo gótico de los vitrales ojivales montados en plomo. Entre la puerta y la ventana de la izquierda se erguía una biblioteca gigantesca estilo renacentista, con una inscripción en oro: "Thibermesnil", con el lema familiar inscrito por encima *"Fais ce que tu veux"* (Haz lo que quieras).

Una vez encendidos los cigarros puros, Devanne continuó con la conversación:

—Y recuerda Velmont, no tienes tiempo que perder. De hecho, te sugiero que actúes esta noche. Será tu última oportunidad.

—¿Por qué? —preguntó el pintor, quien sin duda no se tomaba el tema en serio.

Devanne estaba a punto de responder cuando su madre le hizo una seña para silenciarlo, pero la excitación de la noche, la compañía y el deseo de ser el centro de atención triunfaron por sobre la razón.

–¡Bah!–murmuró–. Ya puedo hablar sin temer una indiscreción.

Los invitados se sentaron a su alrededor con curiosidad y él comenzó a hablar con el aire satisfecho de un hombre con un anuncio importante por hacer:

–Mañana por la tarde, a las cuatro, Sherlock Holmes, el gran detective inglés, para quien no hay misterio suficientemente grande; Sherlock Holmes, superado por ningún otro en su habilidad para resolver enigmas, el hombre de capacidades tan maravillosas que hacen que parezca imaginado por un novelista, Sherlock Holmes, será mi huésped.

Hubo preguntas y exclamaciones de todo tipo. ¡Sherlock Holmes en Thibermesnil! ¿Realmente iba a venir? ¿Era en serio? ¿Era cierto, entonces, que Arsène Lupin se encontraba cerca?

–Arsène Lupin y su banda no andan lejos. Sin contar el asunto del barón de Cahorn, ¿a quién podría atribuírsele, sino a él, los robos de Montigny, de Gruchet y de Crasville? Y hoy me toca a mí.

–¿Ha recibido aviso por carta, como el barón de Cahorn?

–No– respondió Devanne–, no puede usar el mismo truco dos veces.

–¿Entonces?

–Entonces, les mostraré…

Se levantó y señaló con el dedo hacia una de las estanterías de la biblioteca, marcando un espacio vacío entre dos volúmenes enormes, diciendo:

–Ahí había un libro del siglo dieciséis, titulado *Crónica de Thibermesnil*, que recopilaba la historia del castillo desde su construcción por el duque de Rollon sobre una antigua fortaleza feudal. Contenía tres láminas grabadas, mapas. Una mostraba la vista general del terreno, la segunda el plano de los edificios y la tercera, a la que les llamo la atención, mostraba el trazado de un subterráneo. Una de las entradas de ese subterráneo se abre al exterior de la primera línea de murallas y la otra esta aquí mismo, en este salón. El libro desapareció hace un mes.

—¡Demonios! Eso es una mala señal —dijo Velmont—, pero no creo que sea motivo suficiente para llamar a Sherlock Holmes.

—Cierto, eso no hubiera sido suficiente, pero otro incidente tuvo lugar, que carga a la desaparición del libro con un significado especial. Había una segunda copia del libro, en la Biblioteca Nacional de París, que variaba en ciertos detalles del nuestro en los planos del subterráneo, como por ejemplo en la inclusión de anotaciones y dibujos hechos a mano, no impresos, bastante borrosos. Por lo tanto, la ubicación exacta de las entradas del subterráneo sólo podía obtenerse por comparación de ambos ejemplares. Al día siguiente de la desaparición de mi volumen, alguien solicitó el libro de la Biblioteca Nacional y lo retiró, sin que fuese posible determinar las condiciones en las que ese robo fue llevado a cabo.

Los invitados respondieron con exclamaciones de sorpresa.

—Ahora sí que el asunto se pone serio.

—Pero, esta vez —dijo Devanne—, la policía se ha conmocionado y se abrió una doble investigación, que, como era de esperarse, no dio resultado alguno.

—Nunca lo hacen cuando se trata de Arsène Lupin.

—Exacto. Fue por eso por lo que decidí pedirle ayuda a Sherlock Holmes, quien me respondió que ansiaba poder encontrarse con nuestro ladrón nacional.

–¡Que gloria para el señor Lupin! –dijo Velmont–. Pero si nuestro *ladrón nacional*, como usted lo llama, no está detrás de este asunto del castillo Thibermesnil, entonces Sherlock Holmes habrá viajado en vano.

–Habrá otras cosas que le interesarán, como, por ejemplo, el descubrimiento del pasaje del subterráneo.

–¿Cómo? Pero si usted mismo nos ha dicho que una de las entradas da a las afueras de la muralla y la otra daba a este salón.

–Sí, pero ¿dónde? ¿En qué lugar del salón? La línea que representa el pasaje subterráneo desemboca aquí, marcado con dos letras: *T. G.*, lo cual significa sin duda Torre de Guillermo, pero la torre es redonda, y no hay forma de saber en qué punto exacto se une el pasaje subterráneo a la torre.

Devanne encendió otro puro y se sirvió una copa de Benedictino. Los invitados lo bombardeaban a preguntas mientras él sonreía feliz del interés que había generado en sus compañeros. Finalmente continuó:

–Es un secreto perdido. Nadie en el mundo lo conoce. Cuenta la leyenda que los señores del castillo lo pasaban de padres a hijos, en su lecho de muerte, hasta Geoffroy, el último de la línea familiar, que murió decapitado a los diecinueve años, el siete de termidor.[4]

–Pero ya ha pasado más de un siglo de eso, uno creería que se habría vuelto a encontrar aquel pasaje secreto.

–Claro que se ha buscado, pero las búsquedas no han dado frutos. Yo mismo he buscado, exhaustivamente, cuando compré el castillo al bisnieto de Leribourg. Les recuerdo que esta torre está rodeada de agua, unida al castillo sólo por un puente, y por lo tanto sería sensato asumir que el

---

4   Período de la Revolución Francesa según el calendario revolucionario.

subterráneo pase por las antiguas fosas. El plano que había en la Biblioteca Nacional mostraba una serie de escaleras con un total de cuarenta y ocho escalones, que indican una profundidad de al menos diez metros, mientras que la distancia que muestra la escalera del otro plano sería de doscientos metros. Como ven, el problema está aquí, en estas paredes, este techo, y sin embargo, me siento reacio a derrumbarlos.

–¿Y no existe ningún indicio físico de su ubicación?

–Ninguno.

El padre Gélis objeto:

–Señor Devanne, debemos tomar en cuenta las dos citas.

–¡Oh! –exclamó Devanne, entre risas–. El Padre es un ávido lector de memorias y ha husmeado en el archivo buscando todo lo vinculado a Thibermesnil, pues es un tema que le interesa enormemente. Pero las citas de las que habla no hacen más que complicar la trama. Ha leído en algún lado que dos reyes de Francia fueron poseedores de la clave de este enigma.

–¡Dos reyes de Francia! ¿Quiénes?

–Enrique IV y Luis XIV –dijo el Padre, acomodándose para contar lo que sabía–. La leyenda cuenta que en la víspera de la batalla de Arques, Enrique IV pasó la noche en el castillo. A las once de la noche, Luisa de Tancarville, la mujer más bonita de Normandía, fue traída al castillo para él por el pasaje subterráneo bajo indicaciones del duque Edgardo, quien, a su vez, informó al rey del pasaje secreto. Tiempo después, el rey le confió el secreto a su ministro Sully, quien a su vez, contó el secreto en su libro *Economías de Estado Reales,* sin dar contexto ni comentarios adicionales, más que la siguiente frase: "El hacha gira en el aire tembloroso, pero el ala se abre y llegamos a Dios".

Después de un momento de silencio, Velmont dijo con una sonrisa irónica:

—¡Vaya! Eso sí que aclara… bueno, nada para ser honesto.

—¿Verdad que no? El Padre cree que Sully pudo haber dado la respuesta al enigma en sus memorias, en esa frase, sin traicionar al rey.

—La hipótesis es ingeniosa.

—Estamos de acuerdo en eso, pero ¿qué quiere decir "el hacha gira en el aire tembloroso, pero el ala se abre"?

—¿Y qué significa que "llegamos a Dios"? —respondió Velmont—. ¿Y fue también para recibir a una señorita que Luis XIV se hospedó en el castillo e hizo abrir el pasaje por el subterráneo?

—No lo sé, sólo puedo decir que Luis XIV se hospedó aquí en 1784 y que la famosa armadura de acero encontrada en el Louvre contenía un papel con estas palabras, escritas en la caligrafía del rey: "Thibermesnil 2-6-12".

Horacio Velmont soltó una carcajada y dijo:

—¡Por fin! La niebla se disipa, tenemos la respuesta: dos veces seis suman doce.

—Ríase usted cuanto quiera, señor —dijo el Padre—. Eso no impedirá que esas citas sean la clave para la solución de este misterio, y que un día de estos aparezca alguien que pueda interpretarlas.

—Sherlock Holmes es ese hombre —dijo Devanne—. A menos que Arsène Lupin se le adelante. ¿Qué opina usted de eso, Velmont?

Velmont se puso de pie, puso una mano en el hombro de Devanne y contestó:

—Creo que los datos en los libros, tanto en el suyo como en el de la Biblioteca Nacional, carecen de una pieza crucial de información, y que usted muy amablemente me ha proporcionado. Se lo agradezco.

—¿Qué era eso?

–La clave. De modo que ahora, habiendo volteado el hacha y abriendo el ala, sabiendo que dos veces seis suman doce, ya no queda más que ponerme manos a la obra.

–Por supuesto, sin perder un minuto –contestó Devanne, sonriente.

–Ni un segundo. ¿No dijo que debo actuar esta noche, saquear su castillo antes de que llegue su invitado, Sherlock Holmes?

–Sí, la verdad es que no tiene tiempo que perder. Oh, si quiere lo puedo llevar en mi auto esta noche.

–¿Hasta Dieppe?

–Hasta Dieppe. Aprovecharé la oportunidad para traer al señor y la señora Androl y a una joven, hija de sus amigos, que llegarán en el tren de medianoche.

Dirigiéndose a los oficiales, Devanne añadió:

–Caballeros, los espero a todos para el almuerzo aquí mismo. Cuento con ustedes completamente para tomar el castillo por la fuerza a las once en punto. ¿Verdad, señores?

La invitación fue aceptada por los presentes y luego se dispersaron. Unos momentos después, Devanne y Velmont se apresuraban en el automóvil camino a Dieppe. Devanne dejó a su amigo artista en el casino y continuó su camino hasta la estación de tren.

A medianoche sus amigos y la joven bajaron del tren, y media hora más tarde, el automóvil entraba en el castillo. A la una, luego de una cena ligera, se retiraron a sus habitaciones. Poco después, las luces se apagaron y la noche, oscura y silenciosa, envolvió al castillo.

La luna apareció entre las nubes, que la cubrían como un velo, y su luz se filtró por las ventanas por un segundo, antes de esconderse de nuevo. El silencio y las sombras reinaron en el espacio. Sólo se oía el tic-toc del reloj, que marcó las dos de la madrugada, y luego las tres.

De pronto, algo hizo un sonido similar al que hace un disco de señales ante el paso de un tren. Y un haz de luz atravesó el salón de punta a punta, como una flecha. Salía de una columna central que sostenía la biblioteca. Reposó por un momento en el panel opuesto a la biblioteca, y luego se paseó en todas direcciones como si un ojo inquieto mirara con escrutinio cada sombra. Desapareció por un momento y luego volvió a brotar de frente, acompañado con un movimiento repentino de la biblioteca, que parecía girar sobre sí misma, develando una abertura en forma de bóveda.

Un hombre con una linterna en mano ingresó al salón, seguido por dos más, cargando rollos de cuerdas y otros instrumentos. El primero inspeccionó la estancia y ordenó:

—Llamen a los otros.

Ocho hombres vigorosos llegaron por el subterráneo, con un gesto decidido. El saqueo comenzó inmediatamente. Arsène Lupin iba de un mueble a otro, examinándolos y según sus dimensiones o su valor artístico, les indicaba a sus hombres que lo dejaran o lo llevaran. Si la orden era llevarlo, los secuaces lo levantaban y la pieza desaparecía en la boca del túnel, empujado hacia las entrañas de la tierra. Fue así como desaparecieron seis butacones y seis sillas Luis XV, tapices de Aubusson, candelabros firmados por Gouthiére y dos Fragonard y un Natier, así como un busto de Houdon y unas estatuillas. A veces, Lupin se detenía ante un magnífico armario o un soberbio cuadro y suspiraba:

—Este es muy pesado... muy grande... ¡Que desgracia!

Y continuaba con su exploración.

En un plazo de cuarenta minutos, el salón quedo esencialmente desmantelado, con tal orden en su ejecución, que no habían hecho ruido alguno, como si los objetos hubieran estado empacados y preparados para semejante hazaña. El último de los hombres que se iba cargando el reloj firmado por Boule se detuvo cuando Arsène le dijo:

—Ya no vuelvan. ¿Entendido? Ni bien terminen de cargar la camioneta, deben dirigirse a la granja de Roquefort.

—Pero ¿qué hay de usted, patrón?

—Déjenme la motocicleta.

Una vez que el hombre se fue, Lupin empujó el panel de la pared móvil de la biblioteca, borró las huellas de sus hombres, levantó un jarrón y entró en la galería que servía de comunicación entre el castillo y la torre. En medio, había una vitrina que había llamado la atención de Lupin, y lo había hecho continuar con su investigación.

La vitrina contenía una extraordinaria colección de relojes, tabaqueras, anillos, collares con dijes y miniaturas de hermosa confección. Forzó la cerradura con unas pequeñas tenazas y experimentó un inmenso placer mientras levantaba las joyas de oro y plata, esas hermosas obras de arte tan delicadas.

Llevaba una bolsa de tela especialmente preparada para los robos de este tipo de delicadezas. La llenó. Llenó también los bolsillos de su saco y los de su pantalón y chaleco. Estaba acomodando en sus brazos otro par de adornos de perlas cuando escuchó ligero ruido. Se detuvo y escuchó atentamente. No, sus oídos no lo engañaban, el ruido era distinguible.

De pronto, recordó que del otro lado de la galería había una escalera interior que conducía a un departamento desocupado hasta el momento, pero que probablemente se encontraba ocupado por la joven que acompañaba a los Androl.

Inmediatamente, apagó su linterna y se escondió detrás de la cortina de una ventana. Fue entonces cuando, en lo alto de la escalera, se abrió una puerta y una claridad tenue alumbró la galería. Tuvo la sensación de que una persona bajaba las escaleras, pero no podía ver desde el lugar en el que estaba. Esperaba que no se acercara más. Sin embargo, la persona continuó su descenso por las escaleras, avanzó por la galería y lanzó un grito. Sin duda, había visto la vitrina semi vacía.

Avanzó otro poco, y por su perfume, Arsène reconoció que se trataba de una dama. Su camisón rozaba la cortina cuando le pareció escuchar los latidos del corazón de aquella mujer, acelerados, al notar la presencia de otro individuo en la galería. Lupin pensaba en el miedo que tendría esa mujer, que ese miedo haría que se fuera, que sería imposible que no huyera.

Pero no fue así. La vela de la dama temblaba en su mano, pero su luz se acercaba más y más. Se detuvo, vacilante, escuchando el silencio ensordecedor y extendió una mano hacia la cortina, que apartó con un movimiento rápido.

Se miraron.

—Usted… Usted, señorita.

Era la señorita Nelly. La pasajera del transatlántico. Aquella joven que había sido inspiración de incontables sueños en aquel viaje inolvidable, quien había presenciado su detención y que, en lugar de traicionarlo, había tenido el hermoso gesto de tirar la cámara por la borda, en la que él había escondido los frutos de su robo. ¡La señorita Nelly! Esa hermosa y cautivadora criatura cuya imagen lo había entristecido y alegrado tan a menudo en sus largas horas confinado en la cárcel.

El azar, tan maravilloso, que los ponía en presencia uno del otro, a esta hora de la noche, impedía que pronunciaran una sola palabra, petrificándolos con sorpresa, ambos hipnotizados por lo que ese encuentro significaba. Temblando, abrumada por la emoción, la señorita Nelly se dirigió a una silla. Lupin permaneció de pie frente a ella. Gradualmente, en el transcurso de segundos interminables de silencio tomó conciencia de la imagen que proyectaba, con sus brazos y bolsillos llenos de joyas y chucherías. Lo invadió una gran confusión y se sonrojó, sintiéndose como lo que era, un ladrón atrapado en flagrante delito. Entendió que, para ella, de ahí en más sería solo eso: un ladrón, un hombre que mete su mano en el bolsillo de alguien más, que violenta puertas y se introduce furtivamente en hogares.

Un reloj cayo a la alfombra, y luego otro. Los siguieron un sinnúmero de objetos que escapaban de repente de los brazos de Lupin, que no supo cómo retenerlos. Sin más, dejó caer el resto de las cosas sobre una butaca, vació sus bolsillos y se deshizo de su bolsa.

Sintiéndose liberado de este peso, avanzó un paso hacia la señorita Nelly, con la intención de hablarle, pero ella se sacudió atemorizada, levantándose apresuradamente y huyó hacia el salón. La puerta se cerró detrás de ella, pero Lupin la siguió. Estaba parada en medio del salón semi vacío, temblando, contemplando horrorizada el espacio a su alrededor.

Inmediatamente, él le dijo:

—Mañana a las tres, todo volverá a su lugar, todos los muebles serán devueltos…

Su silencio, devastador, lo hizo repetirse:

—Mañana, lo prometo. A las tres. Nada en el mundo me haría romper esta promesa. Mañana, a las tres.

Un silencio cayó nuevamente sobre ellos, y esta vez él no se atrevió a romperlo. La expresión en la cara de Nelly le hacía sentir una culpa profunda. Comenzó a alejarse de ella, despacio, sin romper el silencio, deseando que ella se marchara también, pues su presencia lo agobiaba. De pronto, la joven balbuceó, estremeciéndose:

–¡Escuche!... Pasos, oigo pasos. Alguien se acerca.

Él la miró con sorpresa. Ella parecía sobresaltada por un peligro inminente.

–No oigo nada.

–Debe irse, debe usted escapar. ¡Pronto! ¡Huya!

–¿Huir de qué?

–No puede quedarse. ¡Huya!

Nelly corrió hasta la puerta de la galería y apoyó el oído. No, no había nadie ahí. ¿Acaso el ruido venía de afuera? La joven esperó unos segundos, y una vez que pudo tranquilizarse, regresó, pero Arsène Lupin había desaparecido.

En el mismo instante que Devanne descubrió el saqueo de su castillo, se dijo que había sido Velmont quien había dado el golpe, que éste no era otro que Arsène Lupin. Esa teoría lo explicaba todo. Y, sin embargo, esa teoría resultaba inverosímil. Era ridículo suponer que Velmont fuera otro que Velmont, el reconocido artista, amigo, camarada del círculo de su primo Esteban. Y cuando el oficial de gendarmería que había sido notificado del robo se presentó, a Devanne ni siquiera se le ocurrió comunicarle una suposición tan absurda.

En el castillo de Thibermesnil, la mañana transcurrió en un desfile sin fin de gendarmes, guardabosques, policías de Dieppe, vecinos... todo mundo se paseaba por los pasillos o el parque, queriendo inspeccionar el castillo y enterarse de los detalles de lo ocurrido. La proximidad de las tropas en maniobras, con sus disparos de fusiles, contribuían al carácter pintoresco de la escena.

La investigación preliminar no dio ningún resultado, ningún indicio. Las ventanas no habían sido violentadas, las puertas no habían sido fracturadas ni forzadas. Sin duda, el robo del salón se había llevado a cabo por el subterráneo secreto. Sin embargo, las alfombras no presentaban rastros de huellas y las paredes no tenían marcas sospechosas.

El único hecho inesperado, que denotaba el carácter juguetón y provocador de Arsène Lupin, era que la crónica del siglo XVI había vuelto a su sitio en el estante de la biblioteca, junto a un libro parecido, su gemelo de la Biblioteca Nacional de París.

A las once de la mañana llegaron los oficiales. Devanne los recibió alegremente. A fin de cuentas, su gran fortuna hacía que el disgusto que el robo de esas riquezas pudiera causarle fuera soportado sin mal humor. Sus amigos, los Androll y Nelly, bajaron. Una vez hechas las presentaciones, notó que uno de sus invitados no se encontraba presente: Velmont. ¿Acaso no iba a venir? Su ausencia hubiera despertado la sospecha de Jorge Devanne, pero exactamente a las doce del mediodía, Velmont hizo su entrada. Devanne exclamó:

—¡Ah! Ahí estás. Bienvenido.

—¿Acaso no soy puntual?— Pregunto Velmont.

—Sí, pero me sorprende que lo seas, después de una noche tan movida. Seguramente ya debes haber escuchado la noticia…

—¿Qué noticia?

—Que usted ha robado mi castillo.

—¡Vamos!

—Justo como lo predije. Pero antes, por favor escolte a la señorita Underdown al comedor. Señorita, permítame…

Se interrumpió un segundo, notando la expresión de sorpresa en la cara de la joven. Luego, recordando el incidente, dijo:

—Por supuesto, usted ya conoce a Arsène Lupin; viajaron juntos en el transatlántico previo a su captura. El parecido es sorprendente, ¿no cree?

Ella no respondió. Velmont sonreía, se inclinó, ofreciéndole su brazo, y ella lo tomó. La acompañó a su sitio y se sentó enfrente de ella.

Durante el almuerzo no se habló más que de Arsène Lupin, de los muebles desaparecidos, del subterráneo y de Sherlock Holmes. Fue solamente al final del almuerzo que se empezaron a hablar de otros temas. Velmont se mezcló en la conversación, mostrándose divertido y elocuente. Todo lo que decía parecía ser dicho con la intención de impresionar a la joven. Ella permaneció absorta en sus pensamientos, sin prestar atención a sus comentarios.

Se sirvió el café en la terraza que da sobre el patio de honor y el jardín francés. En medio del jardín, la banda del regimiento tocaba una música que acompañaba los pasos de los soldados que andaban por el parque.

Nelly no se había olvidado de la promesa que Lupin le había hecho la noche anterior:

—A las tres, todo volverá a su lugar, lo prometo.

¡A las tres! Las agujas del gran reloj en el ala derecha del castillo marcaban veinte para las tres. Contra su voluntad, las miraba a cada minuto, y miraba a Velmont, que se balanceaba cómodamente en una silla mecedora.

Las tres menos diez, menos cinco… Una especie de impaciencia y angustia la dominaba. ¿Sería posible que Arsène Lupin cumpliera su promesa a la hora indicada, cuando el castillo, el patio, el campo entero se encontraban llenos de gente y cuando en ese mismo momento el fiscal y el juez de instrucción estaban en plena investigación? Y sin embargo, Lupin le había dado su palabra. "Ocurrirá tal como él lo prometió", pensó ella, impresionada por la autoridad, la energía y seguridad que emanaba de aquel hombre. Para ella, no se trataba de un milagro, sino de un acontecimiento natural que debía suceder. Sus miradas se cruzaron y ella se sonrojó y miró hacia un lado.

Sonaron las tres de la tarde. La primera, segunda y tercera campanada. Velmont tomó su reloj de bolsillo, alzó la vista para mirar al de la torre, y luego lo guardó. Al cabo de algunos segundos, la multitud del parque abrió paso a dos furgones que habían entrado, tirados por dos caballos cada uno. Eran de la clase que sigue a los regimientos y transportan mercadería y elementos de los soldados. Se detuvieron ante la escalera del frente y pidieron por el señor Devanne. Luego de un momento, el caballero salió de la casa y bajó la escalera, encontrándose ante los furgones cargados con sus posesiones, sus piezas de arte y muebles cuidadosamente empacados.

Cuando se lo interrogó, el sargento que conducía uno de los furgones respondió mostrando una orden que había recibido esa mañana para transportar la carga de la segunda compañía del cuarto batallón, a quienes debían encontrar en el bosque de Arques, para ser entregada a las tres de la tarde al propietario del castillo de Thibermesnil. La orden estaba firmada por el coronel Beauvel.

—Cuando llegamos al bosque, en el punto de encuentro, todo estaba listo —explicó el sargento—, estaba todo alineado y empacado, bajo la guardia de algunos pueblerinos. Eso fue lo único extraño, pero la orden era clara.

Uno de los oficiales examinó la firma en la orden. Era falsa, una excelente imitación, pero falsa. Los furgones desempacaron, los bienes fueron devueltos a sus puestos en el castillo.

En medio de tanta conmoción, Nelly se había quedado sola a un extremo de la terraza, absorta en sus pensamientos, con un gesto preocupado. Ella hubiera querido evitarlo, pero por la disposición del ambiente, su salida se encontraba obstruida, por lo que permaneció inmóvil cuando lo vio acercarse. Un rayo de sol que atravesaba el bambú iluminó su cabellera dorada, agitada por la brisa.

—Cumplí mi promesa de anoche.

Arsène Lupin estaba a su lado, sin nadie más alrededor. Repitió, con una voz suave, y titubeante:

—Cumplí mi promesa.

El esperaba un agradecimiento, o al menos alguna expresión en su rostro que la traicionara y probara su interés en el cumplimiento de esa promesa. Pero ella permaneció inmutable. Su actitud alteró a Lupin, que tomó conciencia de cada centímetro que lo separaba de ella, no sólo físicamente, ahora que Nelly sabía la verdad. Él hubiera querido disculparse, excusarse, pero sentía, incluso antes de decirlas, cuan absurdas y vacías sonarían esas palabras. Finalmente, dominado por los recuerdos, murmuró con tristeza:

—Qué lejos queda el pasado. ¿Recuerda las largas horas sobre el puente del Providence? ¡Ah! Usted, igual que ahora, siempre tenía una rosa en su mano, igual de pálida que esa. Recuerdo que se la pedí y usted hizo como que no me oyó. Después de su partida, sin embargo, encontré la rosa, olvidada, sin duda, y la guardé.

Ella no respondió, su mirada estaba perdida en el horizonte. Él continuó:

—Por la memoria de esas horas felices, le ruego que se olvide de lo que sabe ahora. Que el pasado se sobreponga al presente. Que yo sea de nuevo aquel viajero, y no el hombre que vio anoche, aunque sea por un momento, por un segundo, para que sus ojos me miren como me miraba en ese entonces. Se lo ruego. ¿Acaso ya no soy ese viajero?

Ella levantó los ojos como él se lo pidió, mirándolo sin una palabra. Puso un dedo sobre la sortija que llevaba en su dedo índice. Sólo se veía la banda de oro, pero la piedra, que se encontraba girada hacia la palma, era un maravilloso rubí. Lupin se sonrojó. Esa sortija pertenecía a Jorge Devanne. Él sonrió con amargura y dijo:

—Tiene razón. Nada ha cambiado. Arsène Lupin fue y siempre será Arsène Lupin. Para usted solo podrá ser un recuerdo. Discúlpeme, debí haber sabido que mi presencia aquí sería ofensiva para usted. Le ruego me perdone.

Se hizo a un lado, con su sombrero en mano. Nelly pasó delante de él y sintió la tentación de detenerla, pero le faltó coraje, y se limitó a seguirla con la mirada tal y como lo había hecho aquel día en que la vio cruzar la pasarela del barco en el muelle de Nueva York. Nelly subió los escalones que llevaban a la puerta y desapareció en el interior del castillo.

Una nube oscureció el sol. Arsène Lupin observaba inmóvil las huellas que Nelly había dejado en su partida. De pronto se estremeció. Sobre la caja de bambú en la que Nelly se había apoyado yacía la rosa que él no se había atrevido a pedirle. Olvidada, sin duda, pero, ¿olvidada voluntariamente o por distracción?

La tomó. Se desprendieron algunos pétalos, que cayeron al piso. Los levantó, uno a uno, como reliquias invaluables.

—Es hora de irse—se dijo—, ya no me queda nada que hacer aquí. Menos aún ahora que Sherlock Holmes se involucrará.

El parque estaba desierto, pero había algunos gendarmes en el pabellón de la entrada. Arsène Lupin se introdujo en el bosque, escaló el muro del recinto y tomó un sendero que cortaba los campos a modo de atajo hasta la estación de tren más cercana. Después de diez minutos de caminata, el camino se estrechó y encajó entre dos taludes. Fue entonces cuando Lupin vio a un viajero que venía por el camino en dirección contraria. Era un hombre de unos cincuenta años, alto, bien afeitado, cuyo traje denotaba una procedencia extranjera. Llevaba un bastón pesado en la mano, con un bolso de viaje colgada del cuello. Cuando se acercaron lo suficiente, el extraño le habló con un acento ligeramente inglés:

—Discúlpeme usted, señor, ¿es este el camino al castillo?

—Sí, caballero. Siga todo derecho y cuando llegue al muro, a la izquierda. Lo esperan con impaciencia.

—¡Ah! Veo que el señor Devanne ha abierto la boca.

—Sí, mi amigo Devanne nos anunció su llegada ayer a la noche. Y me honra ser el primero en darle la bienvenida. Sherlock Holmes no tiene un admirador más ferviente que yo.

En su voz había un dejo de ironía, apenas perceptible, que pronto lamentó, pues fue suficiente para que Sherlock Holmes lo examine de pies a cabeza con una mirada penetrante, envolvente. Arsène Lupin tuvo la sensación de estar siendo capturado, aprisionado y registrado por esos ojos con un nivel de detalle más profundo y exacto que el de cualquier cámara.

"Ya me ha tomado la foto, no tiene sentido disfrazarme con este hombre ahora— pensó—. Pero, ¿me habrá reconocido?".

Se saludaron con un gesto de la cabeza, despidiéndose, pero antes de poder seguir sus caminos, el sonido de herraduras de caballos los interrumpió. Eran los gendarmes. Ambos hombres debieron pegarse al monte para evitar ser atropellados. Los gendarmes pasaron, pero como iban uno detrás del otro con cierta distancia, su paso duró varios minutos. Lupin, en ese tiempo, pensaba:

"Todo depende de esta pregunta: ¿me ha reconocido? Si me reconoció, hay muchas posibilidades de que él aproveche esta situación. Estoy en problemas".

Cuando el último jinete pasó, Sherlock Holmes se incorporó y sin decir nada se sacudió las ropas manchadas de tierra. La correa de su bolso de viaje tenía pegada una rama de pasto. Arsène Lupin se apresuró a sacársela.

Luego Lupin y él se miraron, examinándose el uno al otro por unos segundos. Y si alguien los hubiera sorprendido en ese momento, hubiera sido un espectáculo emocionante. Ese primer encuentro tan memorable entre dos hombres dotados con tanto potencial, ambos enteramente superiores y destinados por sus aptitudes particulares a chocar uno contra otro, como dos fuerzas opuestamente idénticas, a quienes la naturaleza lanza a través del espacio.

El inglés dijo:

—Gracias, señor.

—Quedo a su disposición— le respondió Lupin.

Retomaron sus caminos: Lupin se dirigió a la estación y Sherlock Holmes, al castillo.

El fiscal y los policías de investigación se habían marchado después de varias horas de investigaciones infructíferas, y en el castillo se esperaba la llegada de Sherlock Holmes con la curiosidad que su gran fama merecía. La primera impresión general fue algo decepcionante debido a su aspecto de ordinario, que tan profundamente difería de la imagen que todo el mundo se había forjado de él. No tenía nada del héroe de novela, del personaje enigmático y diabólico que evoca en nosotros la idea de Sherlock Holmes. Sin embargo, Devanne exclamó con el mayor entusiasmo:

—¡Al fin está usted aquí! ¡Qué felicidad me da verlo! Hace tanto tiempo que esperaba poder conocerlo. Me siento casi feliz de todo lo que ha ocurrido, pues me ha traído hasta el placer de verlo. Pero, dígame, ¿cómo vino?

—En tren.

—¡Oh! Yo le había enviado mi automóvil al puerto para que lo traiga.

—Había planeado toda una llegada oficial, ¿verdad? ¿Con música y fuegos artificiales? No. No es como trabajo, y no me estaría haciendo el trabajo para nada sencillo —refunfuñó el inglés.

Ese tono poco placentero desconcertó a Devanne, quien, esforzándose por mantener una sonrisa en su rostro, dijo:

—La tarea, afortunadamente, resulta ahora más fácil de lo que era cuando le escribí en su momento.

—¿Por qué?

—Porque el robo tuvo lugar anoche.

—Si usted no hubiera anunciado mi visita, señor, es probable que el robo no hubiera tenido lugar anoche.

—¿Y entonces cuándo?

—Mañana o cualquier otro día.

—¿Y en ese caso?

—Lupin hubiera caído en mi trampa.

—¿Y mis pertenencias?

—No hubieran sido robados.

—Pero mis pertenencias están acá. Fueron traídos de vuelta a las tres de la tarde.

—¿Por Lupin?

—Por dos furgones militares.

Sherlock Holmes se caló violentamente el sombrero y volvió a ponerse su bolso de viaje al hombro. Devanne exclamó, nervioso:

—¿Qué hace, caballero?

—Me regreso por donde vine.

—Pero, ¿por qué?

—Porque sus muebles están aquí, Arsène Lupin ya está lejos y no hay nada que hacer aquí.

—Pero claro que lo hay, yo tengo necesidad absoluta de su ayuda, señor. Lo que ocurrió ayer puede volver a repetirse mañana, puesto que nosotros desconocemos lo más importante: cómo Arsène Lupin entró al castillo, cómo salió y por qué unas horas más tarde procedió a restituir lo robado.

—¡Ah! Usted no sabe...

La idea de que había un secreto que descubrir despertó el interés de Sherlock Holmes.

—De acuerdo, busquemos. Pero empecemos ya mismo, y, hasta donde sea posible, busquemos solos.

La frase apuntaba claramente a los presentes. Devanne comprendió y condujo al inglés al salón. Con un tono seco, palabras duras, que parecían preparadas por anticipado, y con gran severidad Holmes le planteó a Devanne preguntas sobre la velada de la noche anterior, sobre los invitados que en ella se encontraban y sobre las personas que habitualmente concurrían al castillo. Luego examinó los dos volúmenes de la crónica, comparó los mapas del subterráneo, hizo que le recitara las citas reveladas por el padre Gélis y preguntó:

—¿Fue ayer la primera vez que comentaron esas dos citas con otras personas?

—Sí, ayer.

—¿Usted nunca antes se las había comunicado al señor Horacio Velmont?

—Nunca.

—Bien. Pida su automóvil. Me voy en una hora.

—¡En una hora!

—A Arsène Lupin no le llevó más que eso resolver el acertijo que usted le planteó.

—Yo, yo le planteé...

—Sí, bueno, Arsène Lupin, Horacio Velmont, son la misma persona.

—¡Ah! Yo tenía mis sospechas… ¡Pícaro!

—Ayer a la noche, a las diez, usted le proporcionó a Lupin la clave que le faltaba, que buscaba desde hacía semanas. Y en el curso de la noche, Lupin tuvo tiempo para descifrarla, reunir su banda y desvalijar su castillo. Y yo tengo la intención de ser tan expeditivo como él.

Se paseó de un extremo a otro de la estancia reflexionando; luego se sentó cruzando sus largas piernas y cerró los ojos.

Devanne, bastante avergonzado, esperó, y al cabo de un rato se preguntó:

"¿Duerme? ¿Estará pensando?".

Decidió salir de la sala y dar órdenes a sus sirvientes. Cuando regresó, vio a Sherlock Holmes en el fondo de la galería, arrodillado en el suelo frente a la escalera, inspeccionando la alfombra.

—¿Qué sucede?

—Mire, ahí: manchas de vela.

—¡Tiene razón! Y bastante frescas …

—Y podrá encontrarlas también en lo alto de la escalera, y otro poco alrededor de esta vitrina que Arsène Lupin violentó y de la cual quitó los objetos preciosos para finalmente dejarlos sobre esa butaca.

—¿Y qué deduce de todo eso?

—Nada. Todos esos hechos podrían explicar la devolución de sus pertenencias que realizó luego. Pero este es un ángulo de la cuestión que no tengo tiempo para investigar. Lo esencial es el trazado del subterráneo. Dígame, ¿Existe una capilla a doscientos o trescientos metros del castillo?

—Sí, una capilla en ruinas, en la que se encuentra la tumba del duque de Rollon.

—Dígale a su chofer que nos espere junto a esa capilla.

—Mi chofer no ha regresado todavía... Si hubiera regresado ya me hubieran notificado. ¿Cree usted que el subterráneo desemboca en la capilla? ¿En qué se basa...?

Sherlock Holmes le interrumpió:

—Búsqueme, una escalera y una linterna por favor.

—¿Necesita una escalera y una linterna?

—Considerando que se lo acabo de pedir, yo diría que sí.

Devanne, un tanto desconcertado, llamó al servicio tirando del cordón de la campanilla. Fueron traídas ambas cosas. Los comandos se sucedían con el rigor y la precisión de órdenes militares.

—Coloque esa escalera contra la biblioteca, a la izquierda de la palabra Thibermesnil

Devanne puso la escalera, y el inglés continuó:

—Más a la izquierda... a la derecha... ¡Alto ahí! Ahora suba. Bien. Todas las letras de esa palabra están en altorrelieve, ¿no es así?

—Sí.

—Ahora tome la letra H. A ver si gira en un sentido o en otro.

Devanne echó mano a la letra H, y exclamó:

—¡Sí! Gira hacia la derecha en un cuarto de círculo. ¿Quién se lo dijo?

Sin responder, Sherlock Holmes continuó:

—Desde donde usted se encuentra puede alcanzar la letra R. ¿No es cierto? Muévala varias veces como si se tratara de una llave, un cerrojo.

Devanne movió la letra como se le ordenaba. Para su sorpresa, se produjo un click, como si una cerradura se abriese.

—Magnífico —dijo Sherlock Holmes—. Ya no nos queda más que deslizar la escalera al otro extremo, donde termina la palabra Thibermesnil. Y ahora, si no me he equivocado, la letra L deberá abrirse como una ventana.

Con cierta solemnidad, Devanne echó mano a la letra L y esta se abrió, pero Devanne se cayó de la escalera, porque de repente toda la parte de la biblioteca situada entre la primera y la última letra se movió y dejó al descubierto la boca del subterráneo.

Sherlock Holmes, impasible, exclamó:

—¿Esta bien?

—Sí, sí —replicó Devanne, levantándose—. Estoy bien, solo algo aturdido. Esas letras que giran, el subterráneo abierto...

—¿Y qué?... ¿No era eso precisamente lo que tenía que ocurrir conforme a la cita de Sully? Que el hacha gira correspondiendo hacha a la letra H, el aire tembloroso correspondiendo aire a la R, y el ala se abre correspondiendo a la letra L. Eso fue lo que le permitió a Enrique IV el recibir a la señorita de Tancarville a tal hora de la noche.

—Pero ¿y Luis XVI? —preguntó Devanne.

—Luis XVI era un gran herrero y un hábil cerrajero. Yo leí su libro *Tratado de las cerraduras de combinación*. Fue una gran idea de parte del antiguo heredero de Thibermesnil mostrarle al rey el funcionamiento de esta obra maestra de la mecánica. Para recordarlo, el rey escribió la clave dos-seis-doce. Es decir, H. R. L., o sea la segunda, la sexta y la duodécima letra de la palabra Thibermesnil.

—¡Ah! ¡Magnífico! Ya comienzo a comprender. Es solo que... Si bien me explico cómo se sale de este salón, lo que no me explicaba era cómo Lupin ha podido entrar en él. Porque, piénselo bien, él venía de fuera.

Sherlock Holmes encendió la linterna y avanzó unos pasos en el interior del subterráneo.

–¡Vea! Todo el mecanismo está a la vista, como el interior de un reloj y todas las letras se encuentran a la inversa. Lupin no tuvo más que hacerlas funcionar por este lado del cierre.

–¿Cómo puede probar eso?

–¿Cómo lo pruebo? Vea esta mancha de aceite. Lupin había previsto, incluso, que las ruedas del mecanismo necesitarían ser engrasadas –indicó Sherlock Holmes, no sin un dejo de admiración en su voz.

–Entonces, ¿él conocía la otra puerta del subterráneo?

–Al igual que yo. Sígame.

–¿Por el subterráneo?

–¿Tiene miedo?

–No. Pero, ¿está seguro de conocer el camino?

–Como la palma de mi mano.

Bajaron primero doce escalones y luego otros doce, dos veces. Después continuaron por un largo pasillo con paredes de ladrillo que presentaban evidentes marcas de sucesivas restauraciones y filtraban humedad en algunos lugares. El piso también estaba húmedo.

–Estamos pasando por debajo del estanque –observó Devanne, nada tranquilo.

El pasillo terminaba en una escalera de doce escalones, seguida de otras tres escaleras idénticas en tamaño, las cuales subieron con dificultad, para desembocar luego en una cavidad abierta en la piedra. El camino terminaba ahí.

–¡Diablos! –murmuró Sherlock Holmes–. No hay más que muros desnudos. Esto se está complicando.

–¿Y si regresamos? –murmuró Devanne–. Porque, a fin de cuentas, yo no veo ninguna necesidad de saber más. Ya quedo todo más que claro.

Pero al levantar la cabeza, el inglés suspiró aliviado: por encima de ellos se repetía el mismo mecanismo que el del salón del castillo. Entonces, solo tuvo que hacer funcionar las tres letras. Un bloque de granito se movió. Del otro lado, la pieza era nada más ni nada menos que la lápida del duque de Rollon, grabada con las doce letras de Thibermesnil. Se encontraron en la pequeña capilla en ruinas que el inglés había señalado.

—Y llegamos a Dios, es decir, hasta la capilla —dijo él, repitiendo el final de la cita. Devanne, confundido por la clarividencia y la vivacidad de Sherlock Holmes, exclamó:

—¿Cómo es posible que esa simple indicación le haya bastado?

—¡Bah! —replicó el inglés—. No era siquiera necesaria. En el ejemplar de la Biblioteca Nacional, el trazado se termina a la izquierda, como usted sabe, por un círculo, y a la derecha, en una pequeña cruz, cosa que usted no sabía, porque está tan borrosa que solamente puede verse con lupa. Esa cruz significa, evidentemente, la capilla en que nos encontramos.

El pobre Devanne no podía creer lo que oía. Era todo tan sorprendente.

—Es increíble, milagroso y, sin embargo, de una simplicidad infantil. ¿Cómo es posible que nadie hasta ahora haya resuelto ese misterio?

—Porque nadie reunió nunca los tres elementos necesarios, es decir, los dos libros y las citas... Nadie, excepto Arsène Lupin y yo.

—Pero yo también tenía todas las herramientas—objetó Devanne— y el padre Gélis.

Holmes sonrió, y contestó:

—Señor Devanne, no todo el mundo es apto para descifrar enigmas.

—Pero es que hace ya diez años que busco descifrar este. Y a usted le tomó diez minutos.

–¡Bah! Es la costumbre.

Salieron de la capilla, y el inglés exclamó:

–¡Ah! Un automóvil nos espera.

–Sí, es el mío.

–¿El suyo? Pero creí que había dicho que su chofer no había regresado.

Se acercaron al coche, y Devanne le preguntó al chofer:

–Eduardo, ¿quién le dio la orden de venir aquí?

–El señor Velmont –respondió el chófer.

–¿El señor Velmont? ¿Usted se lo encontró?

–Cerca de la estación. Y me dijo que viniera a la capilla.

–¿Que viniera a la capilla? Pero ¿por qué?

–Para que le esperara a usted, señor, y su amigo.

Devanne y Sherlock Holmes se miraron. El primero dijo:

–Él supo que el enigma sería un juego de niños para usted. Es un cumplido, creo yo.

Una sonrisa de satisfacción alivianó la seriedad del detective. El gesto le resultaba grato. Inclinando la cabeza, manifestó:

–Es un hombre sin duda muy inteligente. Me bastó solo verlo para saberlo.

–Entonces, ¿usted lo vio?

–Nos cruzamos en el camino de la estación hace un rato.

–¿Y usted sabía que era Horacio Velmont, quiero decir Arsène Lupin?

–No, pero no tardé en adivinarlo… por cierto comentario irónico que hizo.

–¿Y usted lo dejó escapar?

–Claro que sí, a pesar de que el juego estaba en ese momento a mi favor… cinco gendarmes que pasaban precisamente por ahí.

–Pero, ¡maldición!, era la gran oportunidad.

–Precisamente, señor –dijo el inglés–, cuando se trata de un adversario como Arsène Lupin, Sherlock Holmes no se aprovecha de las ocasiones, él las crea.

La hora apremiaba y, puesto que Lupin había tenido la encantadora atención de enviar el automóvil, decidieron continuar sin más demoras. Devanne y Sherlock Holmes se subieron al asiento de atrás del automóvil. Eduardo puso en marcha el vehículo y arrancaron. Las blandas ondulaciones de la tierra de Caux parecían allanarse ante ellos. De pronto, los ojos de Devanne fueron atraídos por un pequeño paquete colocado en una de las bolsas instaladas en el auto.

–¿Qué es esto? ¡Un paquete! ¿Qué significa? ¡Es para usted!

–¿Para mí?

–Sí, lea: Señor Sherlock Holmes, de parte de Arsène Lupin.

El inglés tomó el paquete, desató la soga que lo sujetaba y le sacó las dos hojas de papel en que estaba envuelto. Era un reloj.

–¡Oh! –dijo, acompañando esa exclamación con un gesto de rabia.

–¡Un reloj! –dijo Devanne–. ¿Es que acaso...?

El inglés no respondió.

–Pero ¡si es su reloj! ¡Arsène Lupin le ha devuelto su reloj! Pero si se lo manda es porque se lo había quitado ¡Le había quitado su reloj! ¡Ah! ¡Qué jugada! –dijo Devanne estallando en una carcajada–. El reloj de Sherlock Holmes robado por Arsène Lupin. ¡Dios! ¡Qué risa! No, de verdad, sepa disculparme, pero esto es más fuerte que yo.

Cuando ya había reído bastante, afirmó con un tono de certeza:

–¡Oh! Es un hombre inteligente, sin duda.

El inglés permaneció callado. No dijo una sola palabra hasta Dieppe. Iba con los ojos clavados en el horizonte. Su silencio fue terrible, insondable, más violento que la rabia más feroz. En el puerto dijo simplemente, ahora ya sin ira, pero con un tono en el que se percibía toda la voluntad, toda la energía de aquel hombre tan famoso:

—Sí, es un hombre muy inteligente, y algún día tendré el placer de posarle esta mano que le tiendo a usted sobre su hombro, señor Devanne. No tengo dudas de que Arsène Lupin y Sherlock Holmes se encontrarán de nuevo, tarde o temprano. Sí, el mundo es demasiado pequeño, volveremos a encontrarnos... y ese día...

Índice

Introducción.. 5

La detención de Arsène Lupin.............................11

Arsène Lupin en prisión....................................... 29

La fuga de Arsène Lupin 53

El viajero misterioso 79

El collar de la reina.. 99

El siete de corazones..119

La caja fuerte de la señora Imbert 161

La perla negra de la condesa.............................175

Sherlock Holmes llega tarde..............................193